"大榕树"
原创文库

云阶石陌

邵永裕 　著

海峡出版发行集团
海峡文艺出版社

图书在版编目(CIP)数据

云阶阡陌/邵永裕著. —福州:海峡文艺出版社,
2024.8
  ISBN 978-7-5550-3811-5

Ⅰ.I267

中国国家版本馆 CIP 数据核字第 2024Z3B655 号

云阶阡陌

邵永裕　著
出 版 人　林　滨
责任编辑　余明建
出版发行　海峡文艺出版社
经　　销　福建新华发行(集团)有限责任公司
社　　址　福州市东水路 76 号 14 层
发 行 部　0591－87536797
印　　刷　上海盛通时代印刷有限公司
厂　　址　上海市金山工业区广业路 568 号
开　　本　720 毫米×1010 毫米　1/16
字　　数　172 千字
印　　张　12.5
版　　次　2024 年 8 月第 1 版
印　　次　2024 年 8 月第 1 次印刷
书　　号　ISBN 978-7-5550-3811-5
定　　价　58.00 元

如发现印装质量问题,请寄承印厂调换

序言　我们这个时代的乡愁

年微漾

一个人可以抵达多远的地方？在前往珠峰的旅途中，有一段被人们称作"珠峰108拐"的必由之路。大道蜿蜒，海拔升高，车过加乌拉山之后，每次拐点的切换都会带来两种迥然不同的震撼：一面是隐藏在日光和云层间的以珠穆朗玛峰为核心的群峰组成的"海拔8000米以上高山俱乐部"，一面是人工在世界屋脊上开辟出的飞天水袖一般的盘山公路。枕在靠窗的座位上，我的目光接受的是自然伟力和集体意志的双重教育，脑海里浮现出意大利作家卡尔维诺在《看不见的城市》里关于苔丝皮那城的描述："每个城市都从她面对的荒漠获得自己的形状，于是，赶骆驼的人和水手看到的，就是这样处在沙的荒漠与水的荒漠之间的苔丝皮那。"这种将世界置身于二元论中不断完成切割与统一的体验，让我产生一种失真的恍惚。

邵永裕兄长发来他即将付梓的散文集《云阶阡陌》，嘱我代为作序，已经是今年早春时候的事情了。那时，一场突如其来的陌生疫情席卷了整个国家，打乱了人们原本习以为常的生活方式；待疫情缓和，戴口罩出行反而成了戒不掉的习惯。如此，也仅仅只用了半年光阴。有时我怀念过去人们寒暄问候时笑脸相迎的情景，如今已弥足珍贵——这种心理上的落差一直难以描述。直到我陆陆续续读完永裕兄的这本集子，从中提取到的一个关键词"乡愁"，似乎可以为这个充斥着失真和落差的世界稍作定义：乡愁应该不止于是在空间意义上的体认和回归，还有在时间纵深里的追忆和缅怀，更有着在情感纬度上的认同和重构。

这是一本用行走代替书写的书。一个人启程上路，必然是为了寻找到什么。对一些人来说，这种目的是清晰和明确的，而对于更多数的群体，他们常常对出发的初衷并不自知，或是只在后知后觉中才发掘出此行的意义。我想永裕兄正是这两类人的综合。他想写一部关于乡土人文的作品，所以必须深入故里山水，从事足够细致的田野调查；而一个人的行走，一旦成了在大地上书写的隐喻，那么他的行程必将与自己的作品产生互文，而呈现出更为丰富的景致。

这种景致，首先是奠立了文化自信在文本中的坐标。时下，"文化自信"已成为风靡一域的政治词汇，实际上，这个词应该有着更具体和亲切的承载。在这本书里，作者的行走轨迹，与我在前述中的旅途截然相反——他只在永阳山水间探索与发现，这看似"舍远求近"的做法，最终也达到了"积跬步而致千里"的大观。在此过程中，他享受与千年文脉、山水草木对话的乐趣，潜移默化中，亦增进了自己对一方水土的理解和情愫。在"永阳流韵""庄里寨外""古镇年华""古城留痕"等辑，他聚焦永泰的文物古迹，以此为起点，向读者展现古城魅力。我一直以为，认识一个地方，走访当地的各级文物是一扇极其重要的窗口。这些被定级的文物，作为一个地方从无到有、从小到大的见证者，其本身有着更多的发言权。文物文物，有文无物则流于浮夸，有物无文则失于涵养，只有文物兼备才具有说服力。永裕兄以文物为窗口，我认为是找到了正确的切入点；也正因他"懂行""识货"，他才在文本中不断涵养了自己对于故土风物的自信与自豪。

其次，是重申了常识教育在文本中的必要。我们同时代的不少作家，时常会陷入这样的写作误区：他们过多地倚重语言词汇和创作技巧，而忽略了生活常识的重要性；不仅于此，还常因古人"两耳不闻窗外事"而误以为他们五谷不分，并引为安慰。实际上，古代的知识分子在启蒙之时，所接受的教育便已涵盖了生活常识，他们之所以自认为位于三教九流的顶端，是对世俗生活有了全局性的掌握。如今，随着传统国学教育的式微，许多常识都无法在校园期间进入我们的知识体系。让人欣喜的是，在这本集子里，我看到了作者在重申常识重要性上的努力。这些常识，来自于他关于古建形制的深入研学，来自于他对于氏族迁徙的严谨考据，更来自于他对于宗教、民俗、农桑等诸多领域的好奇和探究。质胜文则野，文胜质则史，因为有了这些常识性文字的参与，这本集子才最终呈现出"文质彬彬"的"君子"气度。

再者，是显露了创作野心对文本的加成。行走有向外走和往里走之别，写作亦然；向外的写作重在呈现，向内的写作追求自得。但不管是何种，我一直以为，只有作者具备创作野心，那样的文本才是成功的。在这里，"野心"并非贬义词，它更近似于佛教中的"发愿"：愿力越大，便能超越业力，达到超脱；同样，一位作者的"创作野心"越大，文本也将获得更强大的时间穿透力。毫无疑问，永裕兄正是这样一位具备创作野心的作者，我想，他以这样一部作品为永阳立传，除却个人情怀使然，更有来自中国知识分子传统的某种暗示。一代文宗韩愈因自称"郡望昌黎"而被称为"韩昌黎"，与他同为"唐宋八大家"的柳宗元，因造福一方而被尊为"柳柳州"，不仅于此，许多先贤都以其品德、才华和功业而与某地域产生关联。人事有代谢，往来成古今，作为一个历史文化名县，永阳走出了熙来攘往、灿若星辰的历史名人，永裕兄为永阳代言，为他们立传，其实也暗含了一份对自己的期许。这，便是他的"创作野心"。

最后，是形成了个人品质与文本的观照。在这本集子里，作者以一种"知行合一"的方式，向读者展示了一位作家的务实品质；不仅于此，他笔力所及，既不粉饰浮夸，也无俯视傲慢，这种不亢不卑的态度，正是他敬畏世界、敬畏历史的体现。站在一条大河前，孔子发出了"逝者如斯夫"的感喟；在桃李家宴中举杯，李白写下"天地者，万物之逆旅也；光阴者，百代之过客也"的千古名句；夜游赤壁，苏东坡以"自其不变者而观之，则物与我皆无尽也"，为自己的命运留下伏笔。因为珍视敬畏的品质，永裕兄才能详尽记叙许多常人易于忽略的细节，将"无用"化为"大用"。

数百年前，在摄影技术尚未发明的年代，我们的先辈们用亦工亦写的山水画为后世还原了当时的时代图景，《山海经》《水经注》《徐霞客游记》等经典则为我们窥探来处提供了文本上的参照和遐想空间。那么，在摄影像素技术瓶颈被不断打破的今天，我们是否仍有必要以文字来记录一座城池？我想，这就必须回到"乡愁"的话题。"履痕铭怀""温情村落"等辑里，永裕兄还原了许多从古到今、特别是近几十年间的变化轨迹，以此捕捉自己的乡愁。每个时代都与上个时代不同，每种差异都将缔结乡愁；但不管是空间、时间还是情感上的乡愁，除了告知我们要不忘初心、砥砺前行外，也在我们的灵魂世界里营造了一座精神原乡——有了这座故乡，我们才会为自己的回归，创造出一道云阶、一片月地。

十年前，我初出校园，回到故乡莆田工作。在那四年间，曾走遍全莆近千座行政村，写下《三莆志》十万余言。拿到《云阶阡陌》书稿时，竟让我有一种莫名的亲切。我亲切于多年前自以为是在做的一件孤独的事业，其实并不孤独，还可能会有更多的同道或后来人加入对故土的抒情。这种不确定的独与众、多与寡、前与后、远与近，正是这个时代的乡愁。

在这半年间，因琐务缠身，睽违文字，导致文稿一再延宕，感谢作者予以的理解和包容。

是为序。

2020 年仲夏于榕城

（年微漾，原名郑龙腾，仙游县龙坂村人。福建省作协会员、福建省音协会员，鲁迅文学院第 34 期高研班学员，作品散见《人民文学》《诗刊》等刊物。著有诗集三部。）

目　录

履痕铭怀

温情村落

寻味乡村

永阳流韵

庄里寨外

古镇年华

古城留痕

履痕铭怀

每个时代都与上个时代不同，每种差异都将缔结乡愁；但不管是空间、时间还是情感上的乡愁，除了告知我们要不忘初心、砥砺前行外，也在我们的灵魂世界里营造了一座精神原乡。有了这座故乡，我们才会为自己的回归，创造出一道云阶、一片月地。

院　里

那是个与山寺结缘的小山村，地处闽中永泰县西北部，它有个美丽的名字叫院里。村庄群山环抱，巍峨的高盖山犹如宝盖浮空，紫云覆盖，山间翠竹隐隐，四季常青。密布四周的沟涧，在村中央汇成小溪，小溪的流向，便是山村通往外面世界的豁口。

恰似农家小院名字的小村落，因山上千年古寺香火萦绕，让人闻到了一股吹拂着久远而又古朴的味道。至于这个村落的故事，我知道得不多，但外婆与母亲的悲欢离合却曾在这里上演，因此，我对它有了特殊的情结。

外婆从邻村嫁到院里，在那风雨飘摇的年代，出嫁不过是乡下女人命运的一次简单迁徙。至于夫家殷实也好清贫也罢，不是她的关注能追求得到，只要能过上安稳的日子便可心安，且无怨无悔。可外婆的境遇自从她嫁到林家之日起，如同高盖山上佛徒参禅、道众修仙、儒生研读那样充满了艰辛与悲欢。

有人说人生是一出戏，一旦粉墨登场，后戏如何演绎就很难把控了。1930年秋天的一个深夜，外公经营的店铺大门被一群士兵野蛮地敲打着，熟睡的他被一阵急促的声音惊醒。他睡眼惺忪，刚打开一条门缝，一只乌黑的枪眼就对准了他的脑门。

外公侠肝义胆，追求真理，向往革命。经商所在的德化县城，那时共产党队伍不断壮大，在进步人士的引领下，他积极参与地下党活动，不断拿出经商所得资助地下党开展工作。店铺开在国民党团部附近，平时士兵与军官常出入，团长老婆便是店里的常客。有一天，外公正与地下党接头，突被这位女人撞见，战场失利的团长，把心中怒火喷向了外公。急欲撤退的团长恼羞成怒，居然扣动了扳机，一声闷响结束了外公年仅 29 岁的生命。那年母亲 3 岁，舅舅 7 岁。

日子过得还算滋润的外婆从此失去了生活依靠，柔弱的双肩也因此挑起了抚养两个孩子的重担。在男耕女织的年代，靠她养育两个孩子的艰难，让她失去了信心，心力交瘁的外婆不久便改嫁他乡了。

对于外婆，我始终没有印象，但在童年朦胧的记忆里，那次母亲肝肠寸断的情景，后来，我便推定是外婆过世赴丧的悲切。

外婆改嫁到邻村的蔡氏人家，再生育一男一女。尽管母亲与后来的弟妹感情亲密无间，可她认定的娘家，嘴上不说，心里装的依然是她的出生地——院里。

逢年过节，或是寒暑假，母亲都会带我回院里。爬上一座山，沿着崎岖的山路，绕过几道梁，上下几弯山垄就到了。母亲苦涩的童年，我都是在跟着她后面，循着她的脚印踏步前行中，一次次听取并反复问询后烙进记忆的。

外婆改嫁后，母亲与长她 4 岁的哥哥相依为命，收养她的阿婆的刻薄，让她记了一辈子，这段故事我听得最多，懂得也最多。

时光荏苒，舅舅初中毕业了，一表人才的他，学业优秀并写得一手好字，十里八乡的人都称他是秀才。熬过艰难，苦尽甘来的兄妹俩，逐渐看到了生活的希望，善良的人们为他们苦尽甘来而庆幸，指待着天日朗朗，未来灿灿。

天有不测风云，处在抗日与国共交战的动荡年代，藏在深山的壮丁，同样无一幸免，被国民党军队瞄上，刚满 18 岁的舅舅，就这样被抓走，送上了炮火连天的前线。舅舅被抓去当兵的情形，深深烙刻在母亲的记忆里，每一次当我们兄弟姐妹聚集时，或因某件相关的事情，母亲都会挑起话题，给我们讲述她和舅舅的过去、舅舅被抓的经过，憧憬着舅舅如果不被抓丁可能会有的光明前景，以及她一生对舅舅的牵挂。

我上高中的时候，大陆与台湾的关系开始解冻，国民党老兵不断回乡寻亲。有文化的堂哥告诉母亲，在台湾电台里听到过母亲常念叨的舅舅的名字。一石激起千层浪，母亲魂牵梦萦的哥哥，在她脑海里顿时被激活，泯灭的希望重新点燃，只要听说有人从台湾回来，她一定不辞辛苦登门问询。为了找到舅舅，她还让我写了一封寻人启事，寄往福建前线广播电台，有人听到电台播出我们寻找舅舅的启事，但始终未得到回应。日子一天天过去，母亲脑海里不断闪现着许多假设，每个假设都成为她一生无解的方程，冥思着、苦想着。

母亲有两个娘家，一个是出生地院里，另一个就是外婆后来改嫁的尤垯。这两个地方在母亲的心里都是娘家，可在我记忆里，母亲回娘家，一定是先到院里，再去尤垯。

院里有个叫石丁头的地方。房子的下方有棵大大的柿子树，溪流就绕着这棵茂盛柿子树逶迤而去，柿子树的前方架着一座古朴的木桥，通往山村的道路就在这座房子脚下忸怩延伸。斜阳西下，余晖的光芒照在石丁厝上，一幅小桥流水人家的画卷是那么的古朴淡雅、温馨入眼。母亲与舅舅的童年倩影，永远粘贴在这里，还有他们的童真童趣，也只有从布满年轮的柿子树里去听取。

舅舅被抓壮丁后生死不明。不知母亲是迫于传承香火的世俗压力，还是迷恋院里的草木风情，结婚后跟父亲在这生活了一段时间，并希望在此繁衍生息。然而，她还是改变了主意，其中缘由，我不甚清楚。院里的故事，母亲会讲个没完没了，院里的烟云，总是令我沉思不能自拔。

因了母亲的心结，我每次去名山室，经过她的老屋，总是不由自主地找寻着那棵高大的柿子树，还有树旁那座古老的木板桥，以及那仰头才见的高高的石头围墙；找寻着外婆、外公相濡以沫，共享天伦之乐的美景；找寻着母亲和舅舅相依为命日子里快乐的童年时光！

2014 年 11 月 8 日深夜

幽幽古道入画来

古道从岁月中走来，古朴宁静，意蕴诗意，曾经被世人追寻，如今又被世人遗忘。

辅弼岭位于同安镇三捷村，长长的石阶，成就了一段标志性古道。曾经光滑的阶梯，如今被荆棘莽草毫无忌惮地盘踞着，苔痕青绿，尤显荒凉；唯有半露半隐的石板，依然坚守着前人走过的印迹，让人想起向上延伸的道路。回首或抬望逶迤远去的古道，似乎便一眼望穿渐去渐远的厚重。

一抹斜阳穿过岭头，雨后的石阶，泛着金光，远远望去，那泛光的古道，仿佛碧波中散开的涟漪，从现代扩向远古。走在这古道上，年少的记忆跃然眼前：挑担者，喘着粗气，发出呼哧的节奏声，从岭脚向山顶隐去。此去经年，不知反复了多少次。恍惚间，又如同穿越时光隧道，遇见书童挑着书担，陪着书生匆匆赶考，留下渐去渐远的背影。从古道出发，代有才人，不断憧憬着"书中自有黄金屋，书中自有颜如玉"的美好……

辅弼岭古道

这是一段宋代古道。彼时，官府虽不曾将此列为驿道，但长约千米的距离，分别布有"辅弼"题刻、惜字坛、无嗣坛等，显示着其地理位置的重要。崇山峻岭，山道漫漫。是什么样的风景，把砥砺自勉的"辅弼"二字，刻于崖石？又是谁引领乡亲对文字的敬畏，造坛焚字，敬惜文字？又为何对逝去的亡灵，安抚寂寞，得以重生，建造无嗣坛？各种文化在这集聚融合，让荒芜的古道，以极具文化色彩的形式，抒写着它的故事与传奇。

作为通往县城的古道，被现代公路时而交叉，时而重叠，肢解得七零八落，唯有辅弼岭这段，因偏僻让古韵得以保存。既然古道残缺得失去存在感，就让我们目光停驻在探究"辅弼"二字吧。

过了三捷土排九、进隔里，又一道斜坡一个隔，豁然又见小村在眼前。村子因小溪道旁岩壁上刻有"辅弼"二字，前有一条岭，故名辅弼岭自然村。

"辅弼"乃辅佐君主的人，有左辅右弼之称，多指宰相。在这古道边的崖壁上，镌刻着一米见方的"辅弼"二字，字体隶书，柔中带刚，稳重大方。原本荒郊野岭之地，因为庙堂专用词的出现，突然变得肃穆，并充满人文气息。路人经此，触及"辅弼"的瞬间，想必浮想联翩。据《永泰县志》撰述：因宋邑人状元郑侨官至"参知政事"，为国家"辅弼大臣"而名。相传，郑侨曾在杉洋凤凰寺圣君岩石洞读过书，为纪念其功成名就，激励后生好学上进，乡人谨思慎择，并于清朝年间，由当时十里八乡享有盛誉的乡间书法名人，樟坂村余时北蘸墨题刻。此后，此地所在行政乡就称作辅弼乡（今为同安镇）。

辅弼岭古道，上与辅弼洋相连，下与杉洋对接。道路两侧，山峦相随，不经意间，留个缺口，就成了古道过往的必经隘口。在古代交通条件下，不管是上了这道岭，还是下了这条坡，行者路过的阡陌山野，皆为陌生的天地。如此"承上启下"的路段，人们把铭记辉煌，象征权贵的文字刻之于上，希望后生成为"辅弼"之人，鼓励后人多读书，永远砥砺自勉，就变得顺理成章。今又遇见"辅弼"，人们又以"中国辅弼"为颜值，"辅弼中国"为担当，再次把"辅弼"二字擦亮。

惜字坛

小溪伴着古道向山头方向延伸。拐过两道小弯，便是辅弼岭古道中段。道旁有一巉岩突起，形似鳌鱼，人称"鳌头岩"。岩上有个洞，洞前有扇窗，窗框上刻有"字迹藏岩穴，文光射斗墟"，横批"敬惜字纸"的对联，这就是辅弼岭"惜字坛"。

惜字坛造于何年，造之者谁，至今仍是个谜。近来有探究者猜测：应是张元幹曾孙张贡避乱于此，开辟了这个"惜字坛"；也有人认为应是附近三捷村建造仁和庄的序捷、序光、序仪三兄弟的祖父季良，以及其兄长季安等所建。当然，亦有学者认为，辅弼岭惜字坛应建于清代，与闽中理学家余潜士有关。余潜士同安樟坂村人，彼时他正任教于鳌峰书院，又逢福州等地敬仰文字风盛，建惜字坛成为时尚，他便领敬惜文字之潮流，把闽江的风引进了深山，回乡倡导而建之。

古人云："文以载道，字载纲常……莫入污泥，不可加脏；宜交回禄，送还上苍！"崇敬带有文字的纸片，是中华民族独特传统。小时常听大人训导，要"敬惜字纸"，并警告说，用字纸做手纸会"青盲"，意为会遭孔夫子惩罚，读书不识字变文盲等。

对于文字的神圣，并非中国独有。在古代印度社会，地位最低的首陀罗种姓的人是不准识字的，甚至不准他们听诵《吠陀经》，所以他们几乎全是文盲。佛教徒诵经是为了来生转世，基教徒祈祷是为了死后灵魂上天堂，这些都是通过文字来表达重要的意思。在传统的中国人看来，无论是居庙堂之高，还是处江湖之远，文字是不可或缺的。不管是"学而优则仕"，还是"仕而优则学"，抑或是"万般皆下品，唯有读书高"，说的都是离不开文字。由此可见，千百年来传统文字在人们心目中的分量。

近年来，随着文化现象的崛起，附近的村民，劈荆棘芜杂，让埋没荒凉的"惜字坛"重见天日。为对祖上荣光的追怀，重振家风的渴求，敬惜文字之举得以弘扬，每年农历八月二十三日，三捷村以及各地赶来的人，会在一位长者的引领下，用当地方言，高声诵读写在一张黄表纸上的疏文，开启一年一度的"敬惜字纸"敬坛活动。来者把累积的字纸，送入坛中，表达自己对文字的敬畏，和传承传统文化仪式的虔诚。

惜字坛有说不完的故事，寄托着无数善良和美好愿望。所有的谜团让有心人去探究吧！在我看来，古人"敬惜字纸"，初衷是敬畏文字；而敬畏文字，本质上是崇文重儒，这一点是颠扑不破的。辅弼之境出辅弼之人，我们从"惜字坛"再出发。

无嗣坛

辅弼岭的岭头，有座阴森的无嗣坛。坛里放置着无嗣之人亡灵。根据当地风俗，16 至 20 岁之间女子，达到婚龄尚无婚约者，若不幸早亡，因香火不能入祠，为了让其灵魂有个归宿，民间善人会择地建坛，安放无嗣之人的香火，使之安息，超脱重生。此坛便称"无嗣坛"。

"仁爱"是儒家思想的精髓，在尊奉儒家文化的国度里，无嗣坛的功用，便把人们对亡者的"仁"和"爱"诠释得淋漓尽致。尽管是放置无嗣人香火的地方，但古人对此一点也不含糊，建坛融入了伦理道德、人文关怀：首先要选山清水秀，灵魂安逸之地；其次择在交通咽喉，人来客往的路边，希望亡灵得到出世，灵魂不再漂泊。选人来客往之地，是希望安放的灵魂，因为阳人涉足，有脚步声、说话声而不寂寞、不孤独。并希望坛中安放的灵魂，记住路人留下的谈笑风生，在阴间寻找曾经从无嗣坛过往的男性亡灵，择取适合满意对象作嫁，谋取阴间姻缘圆满。

如此善良、和谐的无嗣坛文化，因其流传着亡魂附身传说，久而久之，它就演变成孤魂野鬼、迷花小娘聚集之地，让人毛骨悚然。

死去的少女，家人悲痛欲绝，希望她在阴间有个伴侣，便在无嗣坛放置花鞋一双，纸伞一把，寓为让其穿用这些行头，找个适合自己的阴间男友，漂漂亮亮做新娘去。可是久不如愿的着急，便有了魂魄低下者，被无嗣坛女鬼看中的传说。因此路人通常不敢在此歇息停靠，遮风挡雨，就怕女鬼缠身，拉去做新郎。读初中时，我常去姐任教的学校，抄近路走，要路经此地。一路走来，最毛怵的地方，就是无嗣坛。每次路过，眼不斜视，有时紧张得连呼吸都急促，脚步变得不自如，甚至出现踢脚的惊恐。

关于无嗣坛故事，民间有各种各样的传说。本意安抚寂寞，祈盼阴阳和谐的坛址，却被看成厉鬼飘荡之地，但其所蕴含的文化，永远是慈悲善良的，寄阴阳和谐共长的情怀是博大的。

置身旷静古道，虽是"浅草才能没马蹄"，但周围已见一片养眼的绿。山风从遥远的地方一路奔来，穿过村子、峡谷，裹卷着保护文化的声音，沿着古道的遗迹，填充着传承传统文化的底气，"辅弼"摩崖石刻、"惜字坛"、"无嗣坛"因沐着文化复兴的春风，散发着更加迷人的历史况味。

山风依然向前、向前，过往之处仿佛吹落蒙蔽的灰尘，一幅幽幽古道闪烁的魅力正渐入画景。

2017 年 6 月 10 日

上　月　坪

这是家乡一个熟悉而神秘的山坳。

山坳高高在上。小时候，住在老房子，面对山坳，一直用仰视的目光看着它。

我的老房子坐北朝南，坐落在村庄的盆底。山坳位于南面的山腰，山顶俗称白翁岩，上月坪就处在岩的下面，山坳里面。

"上月坪"只是我从小听到的谐音，从我识字开始，没有看过这个山坳的名称文字。很想确切地写出它，便借助谷歌地图搜寻。3D地图从中国开始点击，而后依次不断放大，找到了同安镇丹洋村。

家乡在卫星的"千里眼"下，一览无余。181县道由西折北，通往家家户户的水泥路清晰可见，良田沃野一眼便认；蛰伏于山脚下的一座座民居，亲切熟悉；小时候，感觉特别好玩的岭尾厝背后山上的"留林"，它茂密葱茏，一目了然。把地图拉到"上月坪"的位置，一个形似上弦月的山坳映入眼帘，山坳不是很大，陡峭的山体下，有一个平台般的空间，构成了山坳的主体，然后，依着山势缓缓向前延伸，又成了阶梯的形状。恍惚间，我似乎通了窍一般，纠缠于内心的山坳名称突然有了答案：尽管地图没有标注，凭感觉，把山坳写成"上月坪"再恰当不过了。

上月坪与我老房子直线距离约千米，中间隔着一片田畴，直抵山脚。田畴被穿村而过的小溪分成两半，一半依北，一半偎南。我家位于田之北，要去上月坪，看似不远的距离，却要穿田过溪，爬坡越岭，方可抵达。大人一般不允许小孩单独去，因为山路靠近村界，那个叫樟坑隔的地方，除了草木茂密，偏僻荒凉的总让人生惧。

我还没上小学时，第一次跟着姐姐去上月坪。去之前，姐姐指着对面半山烟雾缭绕的地方说，那里出了全村第一个大学生；前几天，他与老婆从很远的地方回来探亲；他老婆是上海人，也是个大学生。同时，还向我介绍了他如何好学进取，走出大山的逸闻趣事。姐姐一席话，我一知半解，总觉得对面的山坳很神秘，那户人家的大学生很本事。至于对大学生的理解，就知道一定是很会读书，很有学问，很有地位的那种人。

这位大学生，是我的堂哥，名叫邵永祥，别名冬妹。一个大男人，为何称之为冬妹？我至今还不清楚。至于他的本事，村里的人一说起，就可罗列一箩筐。从我懂事开始，就知道一个我称他为哥的人，18岁在县一中读书时就入了党，后来考入西安交通大学，工作在戒备森严、亲人不容易见到的神秘单位，并当了大官。村里人都以他为荣，以他为榜样，鞭策子女做个有出息的人。

我母亲时常对读书不听话的兄弟，会以程式化的动作，指着对面的山坳"你看看冬妹……"冀望他们读好书，有作为。邻居婆婶遇上儿女读书恼人的事，似乎千篇一律以冬妹励志故事说道。因此，还没见到冬妹长啥样，就知道他皮鞋亮得可以照人，上海妹子心甘情愿跟他到山旮旯来等等故事。

跟在姐后面，一路上想象着冬妹，回味着大人的话。走到章坑隔，往左沿着山仑走去，山坳开始显现，眼前的视野开始变宽、变深，山坳的形状就像一把太师椅，左右山丘相拥，前方有一块开阔地，田园交错，层次分明。向坳里望去，一座木墙黛瓦，古朴典雅的房子，矗立在中间。周围草木葱茏，就如王安石所言："茅屋数间窗窈窕。尘不到，时时自有春风扫。"景致怡人。顺着山边小路往房子走，屋舍周围果树密布，李、柿、枣、桃、葡萄应接不暇。那是个"山寺桃花始盛开"的季节，路经之处桃花绚烂，分外妖娆。环境幽静恬淡，就像一幅集万千美景于一身的山居图，屋顶上升起的袅袅炊烟，让整幅画面灵动而充满生气。山坳宁静并充满诗意，这个印象牢牢铭刻在我记忆里，留下了上月坪美好的永远怀念。

冬妹与老婆住在官房，伯母热情地把我和姐往里引。穿过一条廊道，迈过一扇门，折向厅堂方向，便来到了他们的住房。姐与冬妹年纪相仿，彼此热情地寒暄着，并天南地北地海侃。瑟瑟的我，怀着好奇而又敬畏的心理，从姐的臂弯缝隙观察着"大学生"的模样，从上往下，从衣服到面相，我认真反复扫描着：冬妹服饰整齐笔挺，皮肤白嫩，面部表情自信大方，与同龄的村里人相比，气质好得简直不是同一世界的人。那时，我也不知道美女是啥样，冬妹老婆的模样，我断定就是一个大美女。她身材高挑，皮肤白皙，五官清秀，是当时我见过最好看的女人。去的那天，他们夫妇俩不穿皮鞋穿布鞋，皮鞋搁在桌子底下的柜子里，窥着那锃亮的皮鞋，我目睹了大人说他鞋面可以做镜子的真实。

这是我第一次见到冬妹老婆，也是仅有的一次。至于后来为什么不回来，有多种说法：有人说，她第一次回来住在上月坪，不知是水土不服，还是其他原因，身上长红斑发痒，后怕所致。奇怪的是，她回上海的路上，到了永泰县城住上一宿，好了一半，到了福州再住上一宿全好了。村里人说，"一方水土养一方人"，"鲤鱼要在大溪里养"，住在山坳里不适应。还有一种说法，说是交通不便太辛苦了。从上海到永泰同安丹洋，需要太多的中转：福州到永泰要轮渡，县城回同安要等班车，同安下了车，还要走上几里的山路。从福州到老家，山路十八弯，沙尘滚滚，颠簸难耐，这样的路程耗时两天，舟车劳顿，让她苦不堪言，来了一次，刻骨铭心的记忆，断了回家的念想。再后来，交通便利了，为什么她还不回来？在乡亲看来，这是一个情结问题，家乡是冬妹的家乡，与她无关。

冬妹的情商与智商同具魅力。他每次回家，都会在弟弟的引领下，挨家挨户拜访全村老小。一次堂叔在电视上看到冬妹，说他在厦门开会，过了两天，他果然回来了，出现在家家户户的厅堂、厨房、卧室。这是我第二次见到他，之后，他虽然还回来过一两次，但我再也没有见到他。

冬妹的单位很神秘。1979 年的夏天，他探亲结束回单位，顺便到长乐金峰，买了一台高档的三洋机。那晚，我跟着二哥和其他乡亲，去福州火车站送行，就在检票进站时，眼尖的警察，注意到了二哥手上的三洋机。"你跟我到值班室一趟。"警方巡查，乡亲们万分惊恐。问清物主后，值班室里只留下冬妹和我二哥，"砰"的一声门关上了。在关门的瞬间，只听到警察问询："你有没有证明？否则，走私物品要没收，并按走私论处。"冬妹一介书生，愣得话都结巴了："证明没有，我有工作证。"工作证很特别，黑色的外皮，里面不知写着什么，警察看后口气和缓了许多，查验的人，交换了眼神，不深究东西是走私的还是合法的，顺利地予以放行。

我们都觉得奇怪，要是换个人，东西没收不说，人还要被拘留。可他怎么晃一下工作证就过去？送走冬妹，回家的路上，二哥牛 B 地学着冬妹掏证的动作，还有警察看后的表情。这事经大伙一渲染，冬妹的单位又多了一层神秘，冬妹的威风从此也由乡里传到了乡外。后来得知，冬妹就职于军事机密单位，担任厅级领导职务。

上月坪因为深居雾处，多了一分神秘，也因为出了个冬妹，人们对山坳的仰视，变成心理上的景仰。这种感觉，在我心里根深蒂固。于是，上月坪的房屋，冬妹的事迹就像缥缈航路上的一盏灯，让我树立信心，坚定方向，朝着目标进取。

后来，上月坪的房舍虽已倾圮，但它孕育的榜样力量永远屹立在我心中。

2016 年 5 月 20 日

苦味的村落

姐姐嫁到了一个名叫"黄连"的小山村。

一个村庄用一味苦涩的中药命名，莫非拓土安家的先祖，带着苦情而来，希望通过用心经营，收获苦尽甘来？抑或是村落多产药材黄连？年幼的我带着种种疑惑，思量着姐姐的生活与未来，思索着这个带苦味的村落。

有人说，小山村不叫黄连，而是王连。村名叫黄连或是王连，都不重要，它只是一个地方的符号。翻开村里记载的文字，有人记着黄连，有人写着王连，按本地话来讲，都一样。姐夫告诉我，村子的名字两者曾经都混淆使用过，后来改名王连。据《永泰县志》记载，元末战乱之后，永泰人口锐减，田园荒芜。明永乐二年，官府拨军屯田。永泰的大多数姓氏均是此时迁入，王氏族人应当也是此时进驻西山片的这个小村落。

在九山带水一分田的永泰，黄连村与众多的小村落没有两样。两侧山峦夹着一条峡谷逶迤在崇山峻岭之中，黄连村就分布在如此的峡谷里。山坳四周沟涧汇聚成一条汩汩而行的溪流，伴着溪流依山而开垦的梯田，层层叠叠，构成村庄的主体，宽度几十百来米，或三五百米不等。春来群山叠翠，秋至稻浪滚滚。对于刚从战火中存活下来的王氏先祖，能在这安宁的小山村里安养生息，自然祈盼子孙绵延千秋，将落脚安家的地方改黄连变王连也就顺理成章了。

不规则的山峦走向，形成各具风情的小山坳，小村庄里依山势命名的有：寨苍、茶林湾、王连尾等。姐夫家的房子坐落在茶林湾半山腰的山坳里，背靠大山，左右两侧突出的山脊向前延伸，整个形状像一把太师椅，老屋就像一位坐看春秋的智者，欣赏着眼前诗情画意的山水。向前远眺，生机盎然而圆润的山峦，似一列绿泥丸斜着逶迤而去，苍茫辽阔，舒目畅怀。房屋前方无挡，明堂秀丽广阔，虽说不上大格局，但却人丁兴旺，读书人颇多。20世纪"文革"期间，农村人文化程度都不高，这里走出了五个高中毕业生。

房子左前方的山峦缺口，向深处拓展，凹陷的沟壑时常漫着山雾，或浓或淡，仿佛一幅人间聚散、喜忧不定的表情，令人遐想。房子四周，草木苍翠，花果飘香，簇拥着老屋宁静温馨。房屋的下埕连着四条通往山头、溪涧、邻家和村外的小路，每条小路皆穿过林荫，穿过许多诱惑童年的意境。这里的山山水水，留下我童年的许多欢乐与遐想。

乡间有句俗语：天上雷公，地上舅公。我虽然还没达到舅公的级别，但作为亲家舅，去姐夫家走亲戚，待遇还是蛮高的，因此，我打小就喜欢去姐夫家做客。到了姐姐家，我可以吃得开心，玩得舒心，在童年时，那是一个很诱惑人的出行。

20世纪70年代，交通极其不便，去一趟姐姐家，爬山涉水，穿村越岭，需耗上半天的时间，于幼年的我来说实属不易。从老家丹洋出发，到黄连自然村，沿途需经过章坑隔、陂头、潘南、猪母岭、协上、隔头岭等人烟稀少的地方，穿越这些地界，异乡的陌生感、混杂着荒凉的凝重感，与期待做客的激动，交织成了去姐家喜忧参半的特有心情。

其中猪母岭最令我生畏。从山脚起，青色的石阶随山势而升，阶路两旁，草木茂密，荆棘丛生，阶梯越升越高，渐渐远离背后的村庄。路越走越僻，清幽的荒野气息，风吹草动的"嗖嗖"声，不知名的野生动物的叫声，皆令我毛骨悚然，害怕得透不过气来。猪母岭的山顶处有个缺口，缺口的部位，就是上庄与湫龙的地理分界线，人称猪母岭隔。隔中央有座庙，庙本是供行人遮风挡雨、歇脚休憩的地方。然而，因时光沉淀，滋生着众说不一的鬼怪传闻，让我每次经过时，都不敢正眼瞧它，就怕传说中的鬼魅从庙里忽现。即使跟着大人，身体也因害怕而紧绷，脑子瞬间一片空白，脚也不听使唤。因此，常常在庙门前，或踢了脚，或踩了空，每次都在战战兢兢、磕磕碰碰中过了这个隔。

我五岁时，第一次去姐家。人虽小，按农村习俗，作为亲家舅，享受应有的尊荣还是不能免。正月里，农村有请春酒的习俗，盛请亲家舅的宴席，不可或缺地举办，席上姐夫招来众多亲朋好友，姐夫的表弟是个捣蛋鬼，一边张罗酒菜，一边吊我胃口，不停地向我展示美味佳肴。"我要用最好的馅料，包饺子给小舅子吃。小舅子，你自己做个记号，等下挑着吃。"他笑眯眯地对我说，贼贼地看着我。在当年物资匮乏的农村，平日里难得一见的丰盛宴席，只有当亲家舅才有这份口福。因为年纪小，吃不下多少东西，还没到饺子上桌，我就已经饱了，好奇心令我留了一口食欲，就想尝尝那个特意为我加工的饺子味道。我迫不及待地夹起饺子，放进嘴里，猛地咬开。馅料又苦又辣，苦辣令我龇牙咧嘴、面目狰狞，不堪言的滋味，弥漫着口腔并串通五脏六腑。没想到捣蛋鬼以这种方式，让我尝到黄连的味道。饺子的苦味让我刻骨铭心。王连与黄连的关系，在我懵懂的童年里，以这种方式挂上了钩。祈盼嫁到黄连村的姐，今后生活与黄连的苦味不沾边。

黄连村里阿节、阿代是我童年的伙伴。他俩是一对兄弟，住在正座的二房。厨房位于卧室后面，黄泥土墙上挂满了蜘蛛网，经烟熏蒙尘后，漆黑一片。唯有借着后门透进来的光束，或是灶膛里映出的火光，才能把厨房里的人显现出剪影般形状。黑黑的剪影，穿梭在明明灭灭的光线之中，恍惚间，似观一出皮影戏。

黄连村的俩兄弟像一场温情的梦，泅暖我的童年。阿节、阿代因缺少照顾，常常是一身黑衣裳穿到油腻发亮，连同随手抹在脸上的油污炭末，看起来像两个黑娃，只有牙齿才见些许的白，只有姐姐心生怜悯，常关照着他们。在姐姐的看顾下，兄弟俩脸上的颜色才会与露出的几颗牙齿和谐相配。尽管他们邋遢的有点过分，但我每次到姐夫家，都喜欢跟他们在一起，他俩挖空心思带着我玩，带着我乐，乐此不疲地玩遍王连，我早就忘了他们龌龊的外表。

我从没见过他们的母亲。听大人说，在他俩年幼时母亲就走了，到一个村庄更大、生活更好的地方去。离家出走的原因，是嫌弃这里的偏僻和贫穷。他们的母亲是一位媒婆，常穿行于周围的村庄，哪家穷哪家富，了然于胸。走着走着，见识多了别人的丰足生活，脆弱的内心就坍塌了。本为他人牵线搭桥的月老，却为自己重找一个好夫家派上了用场，终于她抛夫弃子，离开王连，告别了苦似黄连的日子。

山高路远，只有一条崎岖的羊肠小道维系着王连村与外界的联系。由于孤立封闭，与世隔绝，村民们过着自给自足，遇事靠求神拜佛的小农生活。村人遇上破财招灾的事，首先想到的是神仙，因此，村里庙宇祠堂常年香火缭绕。村民的思想意识，似乎唯有焚香拜神，才能祈得避祸招福。村民遇上难事，常常找神头"跳神"，让神明指点迷津，逢凶化吉。若有头疼脑热，就靠"跳神"开处方。小时候，即上世纪70年代，我亲眼看见处在癫狂状态下的神头，用利剑割舌画符的画面。割下的舌头在酒盏里蹦跳着，殷红的舌尖像一颗跃动的火苗，很快被渗出的血水浸染，念念有词间，跳神人将剑把供桌拍的"噼啪"作响，肃穆威严，令人胆颤。一阵过后，他将袖拈指，翘着兰花指，蘸着盏里的血水，画下一张张血符，信男信女跪地祈求，希望自己能得到一张，用它压惊、辟邪、治病、保平安。这样疯狂愚昧的风气，在村里不断滋长，信众从各地涌来，神头飘飘欲仙，以开药治病为名，另立山头，自封"皇帝"，成了反动组织，最终有两个神头被镇压。穷乡僻壤，封闭令人心生愚昧，也催生了谜一样的宗教信仰，这是王连令我无法忘怀的又一现象。

姐夫是村里为数不多的文化人。由于他博闻强记，练就引经据典的好口才，再加上写一手好字，使他成为从王连走出的一位名教师，人称"卢教授"。"卢教授"是王连村吃上皇粮的第一人。受姐夫影响，姐姐结婚三年后，也当了一名民办教师，并通过不懈的努力，成了一名公办教师。他们远离偏隅大山深处的王连村，从此摆脱了闭塞与孤寂。

中药黄连清热燥湿、泻火解毒，对症下药可祛除体内心火亢盛，心烦不寐，具有舒肝和胃之功效。"苦"是一剂良药，找准症结，吃得苦中苦，不管是疗病还是治穷，黄连皆可将你的人生引向精彩。

2016 年 6 月 12 日

追寻童年的故乡

薄纱般的晨雾，罩着泛白的大地，居高俯视，蛰伏在雾下的民居、作物，以及农夫赶着牛悠闲走在村庄上的若隐若现的画面，伴着回荡的赶早声，宛如一幅镌刻在记忆深处的水墨画。这一切幻化成童年故乡的印象。

家乡在通公路之前，闭塞的小山村通往外面，需要翻山越岭。站在山岭顶端，俯瞰家园，恰似一个巨人臂弯，揽着翡翠般的村庄，静卧在石马寨（山名）脚下，凝固成大地的永恒。一座座民居，在田畴边升起缕缕炊烟，飘荡在葱绿的村庄上空，透过一缕朝霞，映入眼帘的是如梦如幻的仙境，如同坠入童话般的世界，这就是我的故乡——丹洋。

童年故乡的意境，铭刻在我脑际心间。一幕幕难忘的情景，绵延着愈来愈烈的记忆，撞击着多愁善感的年龄。离开家乡30多年，并非"少小离家老大回"的悠长，却有"儿童相见不相识，笑问客从何处来"的尴尬。每次回家，虽努力找寻童年的记忆，但荏苒的时光，沉淀的岁月尘埃，仿佛蒙蔽了家园往日的醉人秀色，童年的故乡只能从记忆中抠取，得以丰满。

童年的故乡是一幅山水画卷。爬上章坑岭，装在"盆底"的家园，尽收眼底。起春时节，几百亩连成 V 型的农田，在布田前夕，整除干净的田野仿佛一颗硕大的橘子剥开黄色的外皮，裸露着娇嫩与白皙。倚势抬升的三面梯田，蓄水后，在微风吹拂下，如同少女的裙裾，连成褶皱，铺展成蒲扇般的美妙；形成角度的田面，在光线的折射下，熠熠发光，犹如城市营造氛围的射灯，把周围群山照得耀眼夺目；不论是朝霞沐浴，抑或是夕阳映照，灌满水的家园，伴着牧歌和劳动号子，俨然一幅山水画卷徐徐铺来。

童年的故乡，小溪是我的游乐场。注入大樟溪的一条支流，发源于我的家乡。四周的山峰，孕育着许多山谷，每个山涧似乎不甘示弱地表现着它的充盈，为流经村庄中央的小溪增添着活力。虽是一条小水沟，在童年时看来，分明是一道无法逾越的大坎，因此我始终称它为溪。这条小溪滋润了我幼小的心灵，记录了我童年的快乐：它温柔时，似一条洁白的哈达，呈现在你面前，随风荡漾着涟漪，为乡亲收成送来吉祥；桀骜时，条条沟涧似脱缰的野马，山洪奔腾直下，淹没了村庄，变成汪洋，给粮食收成带来祸害。尽管如此，不懂事的我，仍期待着夏天，看到它不定期的任性，希望把家园变成水乡泽国的世界。天热时，小溪成了我欢乐的场所，戽鱼捉鳖，嬉水玩耍，乐此不疲。即使随兄长下溪，等待分鱼，那种喜悦也会充溢心间，久久不能忘怀。耕作时节，小溪往往截成坝，蓄成潭，引以灌溉。宽深的水面，是我们游泳的好去处。大人们打盹午休时，便是伙伴们避开管控，奔向小溪，游泳戏水的好时光。

童年的故乡，群山见证了我的快乐。家乡四面环山，每个季节，山上都有我们的印迹。春天，遍野的满山红惹得童心欢悦，伙伴们成群结队涌向山头，划分属于自己的领地，精心呵护着从吐蕾到开放的全过程，炫耀着属于自己的鲜艳。花瓣是当时我们最喜欢的零食，称之为水果也不过分。伙伴们总是舍不得摘下，就像担心粮仓见底似的，生怕属于自己鲜艳的消失，彼此商定非一同开摘不可。摘下属于自己的叶片，围成圆圈，按照大人们教的吃法，擦除叶片上的尘埃和露水，用手轻轻拍打几下，让叶子稍蔫后尝食。从齿缝里溢出酸中带甜的滋味，丝毫不比现在常吃的杨桃味道差。秋天，我们等待着秋籽成熟，越是险要、人迹罕至的地方，果实越多越丰满。每每有伙伴满载而归，大家共同分享着收获的快乐。即使是辛苦的割莽、砍柴，在石马寨上同样享受着比快、赛多的愉悦。站在峰顶，望着逶迤的群山，忙中偷闲，不忘与伙伴们放歌一曲老师刚教的新歌。山是那么的茂密翠绿，牧羊、捉迷藏、打敌人，所到之处，整个山头成了我们游戏欢乐的海洋。

童年的故乡，难忘春播夏收的热闹。读初中时，爱到生产队劳动赚工分。爱去的理由很简单，喜欢生产队热闹的劳动场面。每当布田时，一群壮劳力摆开架势，一人一道，既快又直地展示着各自布田手艺。田边的老人、孩童看热闹，田里的大人你追我赶，暗自较劲，场面煞是好看。在田边，看着大人耖田、栅田、布田的不同场面，像观赏不同才艺人物登台表演一般的精彩。最爱看的是水漂秧船的场景：把装满秧的"船"，提起用力一甩，借助水的浮力，发出嗖嗖的摩擦声，顷刻间，从这头飘到另一头，就像水面快艇一样，飘逸洒脱。每每遇此，目不转睛地盯着它，看哪个飘得最远。

收成时，又是一番情景。那时缺吃，割稻时节，生产队以办集体伙食，来吸引和鼓励社员出工"双抢"（抢收、抢种）。即使是简单的白米饭配炸豆腐和糟菜汤，也会惹得连地瓜米都吃不饱的孩童们垂涎欲滴，跃跃欲试。割稻、分谷场面热闹，欢乐的氛围塞满了整个山村。

童年的故乡，天地是那么的洁净。农业大集体生产时，劳力充足，整个村庄田间地头，总是那么清新亮丽，一派生机。抬眼望去，蔚蓝的天空白云飘荡，无遮无拦，让人心旷神怡。

不知从什么时候开始，水田的面积逐渐缩小，无人耕种的农田长满了荒草。荒芜的田地，从山边向村中央扩展，没落的家园，仿佛就写在长满野草的田间地头。偶尔冲动想用相机表达对故乡的留恋，映入镜头的尽是蛛蜘网般的电线，让本就不开阔的故乡的天，显得更加逼仄，压抑的视野，使人凝聚的冲动顿时消散。

故乡的地不再洁净、豁然，因水而灵动的村庄，也由于修铁路，地下水渗漏，使得溪水干涸，井水枯干。无水耕种的田地，荒草没过了身高，秋风吹来，一派萧瑟寂寥。从前灵动如明眸的溪流，失去了水分与光泽，原为蓬勃丰盈的躯体，变得憔悴不再迷人。童年故乡的天和地，只能在记忆中追寻。

"故乡是祖先流浪的最后一站"，乡愁已成珍藏的古玩。我对童年故乡的眷恋，如一幅幅、一帧帧不能忘却的画卷，引领着我，追寻那份生命的纯真。岁月如歌的年轮，如一页页、一篇篇刻骨铭心的画面，让我心驰神往，不懈地追寻，追寻。

2014 年 1 月 15 日初稿

2020 年 2 月 21 日修改

温情村落

　　只有作者具备创作野心，那样的文本才是成功的。"创作野心"越大，文本也将获得更强大的时间穿透力。毫无疑问，本书作者正是这样一位具备创作野心，他便有了文学作品为永阳立传，除却个人情怀使然，更来自中国知识分子传统的某种暗示。

山寨古韵

山寨，不是一个寨，是村落的名字。

山寨曾有座寨，居村至高，是村落最早的建筑。百年沧桑，彼山寨倾圮，此山寨留名。

进洑口，跨樟溪，盘峻岭，山重水复，壁上村庄——山寨，隐约可见。村庄的入口有个水尾宫，沿着岁月浸染的石阶，和脚印磨光的石径，开始了绕村古道的体验。古道一米多宽，垒得严严实实，从石缝里长出的绿草，半遮半掩地贴着路石。垒石写满苍古的况味，因为这勃发的绿，透着活力，古道也因此有了诗意，它牵着这家，绕过那家，慢条斯理地伸向远方。

村子是谷地与山仑的交错组合。屋舍依山而建，错落有致，成带状分布。沿着绕村古道，从起点到终点，百分之九十以上的人家便连在了一起。站在山腰古道的起点，望着古道蜿蜒而去的山仑，背景一片苍茫。山仑背后群山起伏，烟霞升腾，一幅恰似庐山含鄱口"望眼迷蒙云千里"的美妙，赫然显现，诗意醉人。

在山寨，时光是一团烟雾，总会给人带来一种幻觉。进村的瞬间，不断触及的房屋模样和构造，让人仿佛从明代直抵清朝。不小心的抬首回眸，一星半点的现代元素，又让人梦醒现实。

远处望去，一座座挺立于山野的屋舍，犹如一个个戴着黑毡帽，身着褐色衣裳的明清古人，伫立在山坡旷野，观日出日落，看世事变迁，特立风行，韵味醇厚。

山寨，一个巍峨蒙尘的建筑称谓，蒸腾着古朴的气氛，让人刹那间跌进怀旧的空间里，联想那遥远的故事。据山寨族人介绍，山寨始祖并非姓黄，之前张、陈、郑先此而居，那时，黄氏始祖仅为一个长工，雇主是哪个姓氏，其后人语焉不详。至于再后来，三姓何以淡离，长工如何变主人，只有传说，没有记载。但族谱却清晰记着：丙四的后裔黄六，于明嘉靖年间，从洑口白沙古枣迁居山寨，至今近500年。

山寨地处闽中与闽南交界，是中国历史文化名村，也是中国传统村落。在永泰诸多古村落中，它的古建筑保存得最为完整，也是最具浓郁明清韵味的地方。这里民俗丰富，风情淳朴，兼具闽中、闽南风韵。村民信仰道教，供奉张圣君、卢公、五谷仙，每年有请香、游香、谢香活动，祈求四季平安、风调雨顺、五谷丰登。村民心愿淳朴，求的只是温饱和平安，农业神也就放在祭拜的首位。敬神祭祖、婚丧仪式、建房上梁、酒宴礼数，无不淳朴虔诚，每个程序强调的是对天地的感恩。村里有水尾宫、庵亭岩，每一种祭祀衍生出的活动，演绎成了村人的节日，在这种节日的传承中，对神祇的敬奉，融入人们的血液。山歌、拖木、对背插秧，成为一种文化符号，镌刻在山寨的风情里。

山寨，是一张述说着往事的老照片，是一本落满了时光尘埃的民俗画，也是一部演唱着耕读传家的村落史。山寨的故事，有的落进茶馆的杯盏里，有的记在了农业进程史册中，有的晒在宅院的晾衣竿上，还有的钻进了老宅的烟囱里。

山寨有各种各样的"堂"。"积德堂"——以德立家、以德治家。先人把德作为对家风的追求，为厝命名，并刻写在门楣上，寄望子孙后代知书达理，耕读传家。在这里我们可以感受到以德滋养的乡土闪现出的温润魅力。这里人才辈出，小小的山村曾出过进士黄步新、黄成林，秀才黄初生，儒商黄振荣，乃至现代许多高级职称的工程师、经济师、律师等人才，而国家处级以上公务员也不乏其人。山寨人书写了"一家四郎修四堂"的美谈，随着时代发展，不断缔造着新的辉煌。

这里的村民敢为人先。20世纪60年代末至70年代初，山寨率先开始进行水稻品种改良实验，从而成为永泰县"全国农业学大寨，永泰农业学山寨"的样板。

这里的人们与天奋斗其乐无穷，改天换地的硬汉层出不穷。为了解决农田灌溉问题，村民凿洞80多米，开辟水渠3公里，从邻村的德化县境内引水到山寨，创造了"山寨版"的"红旗渠"。为了结束"油灯风中晃，松烟满壁熏"的历史，他们抬钢管，建电站。20条硬生生的钢管，每根重达几百公斤，全村壮汉轮番上阵，磨破肩膀，把它从山脚抬到700多米山顶。这融入了山寨人血汗的钢管，流淌着创业求变的赞歌，他们艰苦奋斗的精神，像一座丰碑，矗立在子孙后代心中。

这里的人们不屈偏僻艰难，努力从物质到精神上改变落后面貌。他们修建了村部、电影院、学校，创造了"山寨模式"；他们居在深山，向山要宝，广种油茶树2000多亩，每年向国家缴纳100多担茶油，赢得"油茶之乡"美誉；随后，村民广植李果，遍布山野，家庭收入普遍提高。

山寨人收存着环境恶劣，生存窘迫的记忆；品尝了艰苦创业，敢为人先的喜悦。

这里仿佛从来没有过客，走进山寨，你就绣在这道原始古老的风情里，感觉自己是地道的山寨人，祖祖辈辈生活在远离尘嚣、远离战乱的大山深处，从来不曾有过离开。于是你进村的那一刻，便拥有了山寨人的性格，坚守着这古旧的灵魂，不想被潮流惊醒。在历史滚滚的车轮下，山寨也有过些许的变迁，可是山里生活中的民心民风一如当年。

走进山寨，有如翻阅历久弥醇的往事，一种熟悉的温暖扑面而来，阳光将飞扬的烟尘抖落在瓦片间，你守望着这份被岁月浸染的古老，以至迷恋于墙角刚刚萌生出的一点苔痕。悬山顶、硬山顶，燕尾脊、喜鹊脊，这样的墙头和翘脊处处飞扬。来往的路人与你擦肩，他们步履蹒跚，是舍弃不了的放逐，一生走不出这温馨的山寨。

一个古老的村落会唤醒你内心某种怀旧的情绪，迈过岁月的门槛，回望岁月逝去还来的影子。祥福堂左右石刻对联"洋水潆洄环甲第，层峦耸翠拱庭阶""福曜常临仁寿宅，庆云长护吉祥家"，他们怡情山水，乐此而居，祈愿未来，绵延发达。这种情怀像是文化的菌种，植入一座又一座的堂，把主人的心愿化为一种符号，随其脉衍共生长，于是便有了"粘灰厝"木雕的精致，构造的独特荣光。后厝堂、龙湖堂、永安堂、余庆堂古意盎然，一堂一故事，一屋一传奇，许多错过细节，却又被客人用光阴擦亮，照亮山村。

在这里，你可以尽情地释放内心的焦灼，亦可在明清的穿越中独享清寂的醒悟。这里是灵魂的驿站，你可以毫无顾忌地虚度昨天，因为它将载你迈向朗阔的心灵世界。

是谁给山寨的旧物镀上日落的色彩，又是谁将山寨的黄昏刻上了光阴的痕迹？晚风拂过李果林，夕阳还在青山外。站在人生依依的古道上，守望山寨前方的苍山，时光将年华打磨，时光却不曾老去。山寨还是当年的山寨，旧事还是昨天的旧事。

2018 年 5 月 12 日

注：山寨位于永泰县洑口乡，是中国历史文化名村、中国传统村落。

行走龙村

有这么一个地方，已相逢多次，却让我觉得依然寡闻，一次目的性的行走，便成为计划，希望付诸行动。这就是永泰葛岭龙村，它像一幅遥挂在江南墙上的古画，装帧着日出而作、日落而息的画卷，任凭年轮留下多少痕迹，也不更改初衷的模样。

龙村又名林村。20世纪"文革"期间，抓农林生产而改之，今又恢复如初。龙是中华民族的图腾，传说及神话中的龙，上天则腾云驾雾、下海则追波逐浪、在人间则呼风唤雨，其威力无比，神通广大，此形象深植于人们的意识里。攀龙附凤，不管是那一层意思，人们都喜欢，希望沾上吉祥，讨取吉利，因此多了龙的命名。

地方以龙为名的不少，远有白龙镇，近有双龙村。此乃一弯谷地，崖壁之上，群山环抱，幽僻得仿佛世外，与龙有怎样的缘分？流传着哪些龙的传说？山里的人还有谁懂得龙的故事？这些都是我想要揭开的秘密。

村口原本树木茂密，荆棘错杂，把陡峭绝壁遮挡得严严实实，不露真容。村子因孤立于山中，神秘得仿佛世外桃源。为了打开连接外界的通道，在悬崖上，硬生生地辟出一条路来。自从有了顺坦光溜的水泥路，其神秘的面纱才渐渐被撩开。

沿龙门峡谷而进，刀削般的龙潭瀑布，挡住了进村的路子，真要攀高探个究竟，许多行者望瀑兴叹，只有少数冒险者援藤萝荆棘方可登之。如今除了公路，景点龙潭瀑布谷底至山顶，也已铺设了栈道。村东旧时进村路径，现已荒废，若无人指点，外人是无法找到那迂回曲折的山路，如此隐蔽而神秘，到底是为绕开峭壁而开，还是逃避匪乱而设？这只有蛰居的先民最清楚。

车子贴着岩壁边沿，心惊胆颤地驶入村口。忽然间，眼前豁然开朗，一个 Y 字形的村子铺展于眼前。不规整的石板路，顺着 Y 字左向，斜穿田野，向着山脚抬升而去，分叉的若干路径，把蜷缩在密林深处的老屋牢牢拴系。站在山包，回首来路，一排被岁月浸染的老屋，在对面的山仑下呈一字排开，静默在绿的怀抱。炊烟从屋顶向着四周弥漫，为苍凉的面孔平添了生气。山野的清风不时地吹过，空气中飘荡着竹屑和李梅的清香，一幅靠山吃山、守着桃源洞过着"作避秦想"的山居画卷赫然再现，令人思绪万千。

藤蔓攀附着屋舍的老旧青砖，各种凌乱的线路网着炭黑的屋子，许多门户紧闭，走近厅堂楼道，常有蛛蜘网触面，分明是人去楼空苍凉。唯有村央修造的袖珍人工湖、塝岸、庙宇，以及周围扎的整齐篱笆，方见得有点现代气息。移目张望，摄入眼帘的是一张张尘封在时光深处的老照片，偶然抖落在眼前，让你深深陷入怀旧的情结，已经不能自拔。无论你来自哪里，是否与这里有过命定的缘分，你都会以为自己是从远方归来的隐者，有远离尘嚣、静若桃源的地方将你等待。

环顾四周，青墨如画。夏日，你若是着一袭白衣，渗入其中，你便似流淌在砚壁上的点点融水，在静止的风景里，融开墨一般浓的绿色。你若行走在乡间的田埂，周围的青绿会因你的跃动而鲜活。松涛阵阵，竹海喧嚣，它用自己的语言与蛰居的山民对话，用自己的风情漂染山村，又在悬崖孤立的山谷里生动自己。

村部会议室，坐着两位老人，其中一位年长的叫林炳官，今年97 岁，一听到这年龄，我就兴奋了起来，这不正是我要找的"有故事的人"？

老人脑子清晰，有条不紊地叙说着村子的现在与过往：龙村有 6 个村民小组，430 多人，现多在外谋生购房，常住人口只有几十人。龙村是行政村所在地，辖区内还有一个王洋自然村。姓氏繁杂，多时达十几个，今存林、徐、吴、江、谢五族姓；林、徐人口占四分之三。先祖来源，林氏巫洋而至，徐氏礼柄迁来，吴氏来自闽侯上峰，江氏徙自塘前莒口，只有谢氏他欲言又止，说不上准确的故园。

弹丸之地，如此之多姓氏杂居，何故？我疑惑时，老人讲述了山民曾经的谋生方式：这里山高路远，远离水陆要道，是不可觅踪的山旮旯。居此，山民虽不如平原、水边讨吃来得舒坦，但却过着悠然自得的生活，在这里没有纷争、没有惊扰，有的只是山野相随，清风做伴，竹海翻动，喧哗若歌。一语道破先民求安宁、避匪乱的心路历程，和他们在纷乱年代争相趋之的原因所在。

村庄周围遍野是竹，蛰居的先民，以竹为业，以竹为生。家家有竹林，把竹林当作田地来耕作：春天卖笋，秋天破篾。户户有艺人，把竹加工成各种各样的器具，经营所得维系着家家户户烟火再续。这里遍植李梅，李梅亦为山民生计的源泉。每当春天来临，素白的花朵把村庄装扮得妖娆多姿；春末夏初，村子里连空气都氤氲着李梅果香。Y 字形山谷原野，是耕田种稻的地方，是山民饱食果腹的根基所在。"村不在大物产民丰"，龙村人依此生生不息，繁衍壮大。

至于村庄为何冠以龙字？老人语焉不详，他不断地猜测，又加以否定，一说村的四周山脉环绕，古人为图吉祥，将此起舞的山脉称为龙脉，故名龙村；又说村中有蛇仑、龟仑，山形如龟蛇，因蛇又称小龙，加上人们对龙的崇拜，牵强附会把村名称之为龙村。

云飞兄在龙村纪行里写道："群山环抱，万亩竹林簇拥。'樵唱于途，儿戏于室。东阡西陌，佳卉异果，若带而绾'；'举目青山绿水图画，俨然如置身武陵间'。村落、房舍、阡陌、良田、果木；男耕女作，老幼和乐，悠然自得。"其景、其悠胜似陶渊明笔下的桃源洞。

　　游走龙村，感受了它的前世今生。不管先民是"作避秦想"的无奈，还是桃园胜景的向往，一切理由都不重要，它将随着美丽乡愁的蔓延，和人们远离城市喧嚣的追求，不断散发出其独特的魅力。

2017 年 7 月 2 日

顾盼苍穹的眼眸

巍峨连绵的青云山，千米之巅的云顶景区，有个名闻遐迩的天池。与之隔着几座山，相似高度的山巅上，有两口似上苍遗落的池子，形似漏斗，人称"斗湖"。

斗湖属于火山口沉积湖，位于永泰县葛岭镇赤壁村境内，海拔987米，与天池遥相呼应。1989年，我第一次耳闻斗湖的名字。那时，我的老师在葛岭镇任职，他从斗湖自然村下乡回来，对斗湖的描述与惊讶程度，深深地吸引着我。"想不到葛岭还有这么偏僻与世隔绝的地方。"他绘声绘色地讲述了斗湖山高路陡、荆棘丛生的艰难画面。从此，斗湖的名字牢牢地镌刻在我的记忆里。

生命中的巧合，2002年我也到了葛岭镇任职，并接替了老师当年的职位。一次带领工作队员进赤壁村准备上斗湖自然村，走到半路，因单位急事，失去一次上山与斗湖谋面的机会。同事回来后，斗湖的奇特之美，似乎没有镇住他们的苦和累，一直羡慕我不上山的明智，那表情和口气，让我再次感受到上斗湖的艰难。

近年来，我陆续阅读一些驴友写的斗湖文章，内容几乎都绕不过写攀登的艰难。其中一位警察文友这样写道："经过一个多月的准备……""在行进到半山腰时，小队所有成员在休息时都不约而同地把T恤衫脱下来拧干再穿上，而我在距离登顶还有50米时大腿抽筋，在下山时，右腿膝盖受伤，然后凭着拐杖，撑着上下。"之后总结："以往我也算走过天南地北，还是没有经历过如此的窘境。"从内容可以读出，这位警察叔叔对这次攀爬是有充分的准备，经验也丰富，平时也爬过不少山，去之前，信心满满，但还是遇到了极大的挑战。斗湖的雄奇之美，越来越撩拨我的心，但由于种种原因，每每想登，却没登成。

随着永泰生态山水走红，一些户外运动爱好者，像探索宝藏一样寻觅着永泰每一寸土地。文者以文摹状，摄者以镜传景，借助新媒体，从不同角度传递着斗湖的美丽。特别是无人航拍器的出现，斗湖以更宽广的视野、更恢弘的气势、更多彩的姿态、更梦幻的容颜，给人们带来了心灵上的震撼和视觉上的冲击。摄影发烧友黄文浩，是拍摄斗湖风光的超级粉丝。据他介绍，从 2017 年 2 月开始，两年多时间上斗湖 15 次，并立誓要去 100 次。可见斗湖的魅力和他对斗湖的痴心。

斗湖是摄影人的天堂。春拍东风染绿雾为帐，大地回春，万象更新；夏拍山花烂漫风沐浴，驴友帐篷，草原风情；秋拍大地金黄天云淡，泊云揽色，收获希望；冬拍雪景奇观比北国，登高戏雪，酷寒逍遥。即使一天 24 小时，在斗湖，也可以拍上星辰、晨雾、露珠、晚霞，看云蒸霞蔚，观日出日落，端详着她不同时辰的美丽姿态。在山高人为顶的山峦上，露宿于山野的牛群，黄昏或清晨，它们常常站成一道独特的风景，与斗湖融入和谐的美丽。黄文浩一年四季乐此不疲奔波于此，记录斗湖四季的美，拍下许多令人震撼的瞬间。其拍摄的斗湖风光，以其晨曦微露，弱光染金，峰峦披雾，云蒸霞蔚的曼妙叹为观止。一幅晚霞浸染下的高山草甸，仿佛兼具北国草原与西部高原糅合之美，撩人心魄，令人神往。在寻找永泰十大美景投票中，斗湖当仁不让名列前茅。曾经名不见经传的山巅小湖，如今有着"福建香格里拉"之美誉。

据永泰明万历《永福县志》记载："斗湖山与陈山并峙，上有四湖，寓民张仕荣于湖畔垦为田，稻熟辄鹿豕食；又山高风猛，劳而无获。万历三十一年，知县徐嘉言买施方广岩，岩僧真湖躬自开辟，麂豕远遁，风不为灾云。"

从发黄的县志，寥寥数语间，我们读懂斗湖先人的生活轨迹。张姓是最早的斗湖人。可是，到20世纪七八十年代最鼎盛时期，斗湖人中并没有姓张的，两个生产队黄姓20多户150多人，官姓5户20多人。中间经历的族姓兴衰更替由此可知。

今年88岁的黄大伟说，黄姓祖源莆田城里，先迁徙至与永泰交界处瑞云昆山村，再移居到永泰斗湖。官姓祖源莆田新县泗洋村，先迁居至莆田大洋，再迁徙到斗湖。黄姓迁居斗湖后，为了安居乐业，做了两件事：一是盖庙，二是种树。庙拱"福兴二社"，鉴于祈福祈祥的善举，官姓也积极参与，并出资共建。斗湖山高风猛，为了挡风减灾，广植柳杉，如今参天大树，成为标志的树木，就是当年种下的。至于房屋周围的许多棕树是后期种植的。

斗湖山上的一大片棕树，成了一道亮丽的风景。为什么广阔的草甸山场，会有那么多棕树，许多人疑惑不解。斗湖曾有耕田250多亩，种植水稻靠湖水灌溉，平均亩产干谷200多斤，园地300多亩栽种番薯，基本可以维持180多人裹腹之需。经济收入主要靠木炭、锄头柄、树皮（江南香）、竹叶、薯莨、胡藤、青草（染布原料）等。栽棕树就是为了增加收入，用棕片织蓑衣来换取油盐酱醋的开支，这样的收入，小户年收入几百元，劳力多且好的家庭会有一千多元。

据黄大爷61岁的儿子黄国荣回忆，平时几乎吃不上鱼肉，餐桌上是自家腌的咸萝卜和窖藏的菜。一年到头，只有逢年过节，或自己宰猪的日子，才可以开开荤。因为缺粮少食，猪很难养膘，只能养到几十斤。宰猪的时候，几乎不卖钱，一般以约定俗成的方式，以自己猪肉，换取他人下一次屠宰的猪肉，因此，宰猪的日子山坳最热闹，像过节一样充满温馨，孩子蹦跳着等着开荤。家家户户飘出的肉香，弥漫着山野，连空气都充满了节日的味道。

山上与外界几乎隔绝。只有售货、碾米，或购买生活必需品才下山，下山一次，选择路径不同，来回少则六七个小时，多则十几个小时。碾米的艰辛，让他们刻苦铭心，前后要花一天时间，肩挑重担，翻山越岭，走上二十几里山路，到山下加工后再挑回。平时，村民上山下山都要挑担，下山挑卖的山货，上山挑回购买的商品。黄国荣的儿子至今还留在山上养牛，并经营民宿，为此黄国荣时常送货上山，上山时还挑着 70 多斤物品。黄大伟大爷不上山才五年，83 岁前每年都上山。

那时，住在斗湖的山民，生老病死听天由命。黄大爷说，山上的人头疼脑热，只能干着急，有一个人发了高烧，因为求医太远，山上没药，脑子烧坏了。女人生孩子，更是在鬼门关徘徊。黄大爷母亲生育二男二女，他 14 岁那年，母亲生第五个孩子，因为难产而死，那年母亲才 33 岁；黄大爷回忆起山上的凄苦岁月，母亲的离世，眼眶泛红。

一直到了 1995 年，国家有了"造福工程"的政策，山上 20 多户才得以逐渐搬离。一部分安置在葛岭旧的卫生院房舍，另一部分安置在葛岭黄埔村木材公司宿舍楼。如今由于黄埔村开发成"青云小镇"，所有的拆迁户都住上窗明几净、风景优美的连体别墅。短短的 20 多年，他们的生活仿佛穿越了几个朝代。

高高的山巅，盈盈的湖水，荡漾着斗湖人绵延不绝的故事。就在湖的附近，有一台规模宏大，装修完整的石墓，墓的主人是斗湖黄氏第二代桂友公，墓碑清晰镌刻着"清诏赐迪功郎"字样。据黄氏后人介绍，桂友精通道术，治好了当时皇后娘娘的病，故赐予他，以旌表他的道法与医术。

斗湖仁山出义士，自田地被徐县令买赠方广寺后，民国年间，黄鳌振代为管理、收租，因拯寺有功，在他八十寿诞时，方广住持释通清向黄老先生赠送了萨镇冰题写的"福寿绵长"牌匾，见证了彼此的友谊，拴紧了斗湖与方广的联系。

斗湖是有名的老区基点村。它担负着莆田闽中司令部开辟永泰根据地联络点的重任。黄集吓是重要的接头人，其家庭被政府认定为"老接头户"，带动许多村民参加过革命。山高眼阔，风猛人勇。解放后黄让吓在抗美援朝战场上，负责侦察任务，深入敌后，九次立功受奖，其英名被镌刻在塔山烈士陵园纪念碑上，成为斗湖新中国成立后第一个英雄人物。

斗湖被誉为"华东第一大天池"，镶嵌在南国一片绵延万亩的高山草甸中。见过的人无不文心飞扬，诗意盎然，有人赞其为"超凡脱俗的处女地"，有人咏其为"天生丽质难自弃"。歌者谱成曲，诗者韵成律，频频见诸新媒体。

斗湖兼具雄、奇、特之美。雄在南国高山上，有着独具特色的广阔草甸，连绵于山峰间，宛如北国草原，又似天女散落绿绸巾，飘亘在天地间。奇在居高山之巅，湖水终年不涸，似翡翠、像眼眸，灵动着年复一年的春夏秋冬。特在远离尘嚣，拒绝现代任何元素，享受"高山氧吧"，过着无人打扰、无拘无束抛却烦忧的生活。

登斗湖的路有三条：东坡、北坡和南坡。东坡从福清一都上，沿着砍樵人路径攀爬，荆棘丛生，崎岖险峻，路途最短，但很少人走。北坡从赤壁景区沿古道走。未改造之前，古道荆棘丛生，或有台阶，也是风雨过后从未修整的凌乱，去年改造成登山步道，驴友上下方便了许多，此路程近、坡度大，连乐于登山的人，都觉得吃力。南坡经莆田大洋境内上，道路改造了一小段，车子可以开到山下的一个庙，然后缓缓上升，沿途树木参天，林荫蔽日，流水淙淙，可缓解阶急路长的辛苦。此路难在最后一程，越往上攀，地势越陡，接近山巅时，石阶也依山势迂回成之字形，向上延伸。如果看不到高大乔木，出现矮小灌木丛时，意味着接近山顶。从树木分界线可以看出，斗湖属于另一方天地。

登顶远眺，极目远舒。逶迤而去的山峦，莽莽苍苍，此景此情，不会作诗的人也会吟出"会当临绝顶，一览众山小"的感慨。斗湖的周围，布列着几座和缓的山峦，山峦牵着山谷，形成波浪的起伏，翠绿的草皮连成一片，把群山蓬勃为"风吹草地见牛羊"的灵动，一派塞上草原风光，让人仿佛置身北国。那震撼，登上的人无不连声啧叹，忘记疲劳，迅速融入苍茫的天地间。

五月的斗湖草长莺飞，各色野花竞相开放，点缀在万亩草甸中，"山青花欲燃"的视觉冲击直袭而来。县志记载的4个湖，如今只剩2个，6万平方米左右的姐妹湖，碧波映着白云，在湖底缓缓飘过。卧石、牛羊各成风景，把草甸点缀成画卷般的生动。吃饱打嗝的牛群站在湖边，空灵寂静的山野，顿时多了几分气息。

湖畔的山坳里，高大的柳杉、柏树间蛰伏着七八座民房，斑驳的外墙，风吹瓦片留下的凌乱，以及四周长满杂草的荒凉，已是人去楼空。只有鸟巢和蜂窝，似乎还惦记着主人的不舍，守着荒凉，记着曾经的过往。想进屋看看究竟，一只羽毛斑斓的雏鸡，因为陌生人的闯入，咯咯地叫着，从屋里飞向草丛，扎进林子，荒凉寂静顿时被撕破。

放眼翠绿连绵的草地，真想成为这里的一头牛。斗湖的牛夜不归宿，饿了睁开眼，尽可饕餮天地雨露之灵草，疲了天当被地为床，揽星辰宇宙之奥妙，无拘无束，潇洒一生。兴致来时，约上伙伴，成群结队在湖边、在坡顶站成世间最美的画卷。

斗湖是原始的，也是宁静的，有人说它是上帝遗落人间的一对玉佩，我倒觉得她像上帝派往人间仙女的眼眸，在光线折射下，湖面荡起的涟漪，如同一对扑闪着灵性的瞳仁，顾盼苍穹，俯察大地，观星辰变幻，看云起云落，知人间沧桑。

2019 年 12 月 3 日

温情村落

又见溪头

这里山重水复，泛称"十八重溪"。但我要说的不只是溪，还有溪头的一个小村落，人称"溪头村"。

年少时，我常站在石马寨（山名）峰顶，用俯视的姿态来端详它，默数树梢里若隐若现的灰墙黛瓦，遥望炊烟袅袅，猜测着它的生活状态，感受它的僻静安宁。

居高临下的视野里，村落变得十分窄小。盆状的小山坳，被大山紧紧地环抱在怀里。茂密的树林覆盖下，从高处看，小村落只剩一条缝隙。散落在缝隙里的房子，隐约在树梢深处，好像儿时捉迷藏探头探脑的脸。

溯溪而上，以仰视或平视的角度去看这个曾经熟悉的村落，居然是如此陌生。拐过重重叠叠的山，弯弯曲曲的水，溪头村以另一个面目呈现。三面环山，独立见阔，山丘点缀，房舍散落；偶有枯藤老树，配以潺潺溪涧，袖珍状的村庄，构成宛如盆景般的美妙。

绕过村前的坑涧，在谷底孕育成小溪流，穿村而出后，曲成十八重溪。溪流在峡谷里蜿蜒，从高空俯瞰，如同一条S形的哈达，铺展于苍翠连绵的峰峦间。峡谷时而开阔、时而狭窄，一直延伸到山的外面。

村落仿佛一个不规则的漏斗，三面依山抬升，缺口处成了溪流的方向。谷地被绿所包围，除了满眼的绿，能领略的景致也只有僻幽和宁静。过腻都市喧嚣生活的人，只要接近它，沁人心脾的空气，顷刻间占据你的神经，令人忘了世俗与繁杂，这就是它摄人心魄的魅力。

流转的光阴，开启了封存的底蕴，谷地深处释放的天然风韵，让行者感受世事沧桑的奇妙，纵然这是一段充满荒凉的旅程，可依然有人心甘情愿从浩瀚天地走进这通幽的曲径，不为别的，只为人生感受孤寂，留下宁静。追寻也好，探秘也罢，也许是现代文明生活的体验方式，让越来越多的人盯上了这里。

绕村迂回的山间小路，灵逸的山风恍如从远古飘来，悄悄拉开你的行囊，拂动你的衣裳。汩汩不息的山泉，汇成溪涧，淌出声响，聚成村前的水潭，灵动了僻静的村庄，潭水倒映着山上的枝丫，一幅墨水般画卷尽收眼底。

水系如带，山情葱郁，意幽的村落，如纯净滴绿的玉块，散落在天地间，是破碎的光阴里隐藏的美丽。空气清甜、水质清澈、草木葱茏，一切都是历经嘈杂喧嚣后的心醉。

在这里，阳光是浅薄的，它试图穿透丛林深处一方润土，用光芒照射那些潮湿青涩的角落，却不知这样多情的举动，让山谷独有的清幽别具一番苍凉。

村落人去楼空，只有房前密实的篱笆，和褪色的门联，依稀可见搬走的人们，还带着乡愁，珍惜曾经的拥有。有人不时回家走走看看，或结婚时，来朝拜没有一同迁徙的祖先灵位。这样的屋舍，散落在村里不同的方位，有 10 多座。山水无语，脉衍有声。这里见证了蔡氏先祖拓荒营生的心路历程——

据蔡氏后裔介绍，最先迁居大洋镇的有三兄弟。其中两个留在平坦朗阔的尤墟，一个来到深山老林溪头。谁也说不清后者舍优求劣的缘由，和不期而遇的发现，但从其他谱牒的类似记载中，依然读懂个中原委。

在农耕社会，生产力、物种产量低下，有限的山区耕地面积，难以做到物阜民丰。在此情况下，民众食不果腹是常有的事。为了活命，开辟属于自己耕作地盘，成了无数人毕生的寻觅。同时，社会动荡，兵匪横行，躲个清静的地方，过着与世无争的生活，也是人们的向往。溪头先民文字记载："遇兵匪野蛮方显僻幽保命，处逆境无地可耕才知讨吃方便。"证实了蔡氏居僻幽而图果腹，避匪乱而谋清幽的猜想。

十八重溪和溪头这名字，第一次撩拨我记忆时，我还是个少年。那时粮食紧缺，生产队分的口粮，加上自留地收的番薯米，挨不到次年收成。为了弥补缺粮，许多家庭都要靠籴粮食来补充。溪头山场广阔，栽番薯不缺山地，因此，每家每户都有剩粮粜。1975 年 5 月，距早稻收成还要个把月，家里粮仓见了底，大哥挑着米袋，走村串户籴粮，从溪头籴回的黄心红薯，母亲一见赞其糯甜，怕饿肚子的我，充满了期待。殊不知，粜粮人"饱汉不懂饿汉饥"，刨回来番薯，连土都不洗，就加工出卖。煮成饭后，饭里夹着沙土，那种吃在嘴里，咽不下，吐不舍的心酸，让我永远记住了"十八重溪"和"溪头"的名字。它的偏僻和"殷食"，也深深地植入我的记忆。

溪水清澈，是涧螺最好的营生地。在那食物匮乏的年代，从溪头到三捷的 10 多里溪涧里，总有人乐此不疲地上下求索，摸了这块岩缝，又涉那潭卧石，试图能捧出一掬螺子。涧螺不能果腹，但人们总是想喝它熬成的汤，就那么点腥味，饥饿年代，总是隔三差五地摸索着。涧螺汤又是一剂治疗肝病的良方，在那缺医少药的年代，无数人靠它平肝抑胆，祛病康体。

这里山场广阔，长满竹笋。不同的季节，有不同的鲜笋。每年四五月份，村里的人不时组织去采笋，去了都满载而归。苦笋、发笋鲜吃或晒成笋干都是不可多得的菜肴。至今，我还经常从老家店铺购回，冷藏着以备舌尖之需。

到了 20 世纪 80 年代，生活好转后，大家开始恐惧偏僻。念高中时，同学很八卦，喜欢把女生长相，与一个个地名挂钩。大家捧着毕业合影照，按照各自的审美标准，对照片上的女生逐一评头论足。同学们都来自农村，深知乡下女子的嫁娶规律：长相好的，容易嫁到条件好、地方大的；长相丑或弱智的，往往嫁到偏僻贫穷的地方。有人寻开心，按长相给女生对号论嫁，把相貌平平，不招人喜欢的女生，与十八重溪的溪头挂上钩，并起哄"这个女生只能卖到溪头去"，笑声响彻校园。

溪头这地方，因为偏僻遭人嫌，深深铭刻在我的记忆里。我从另一角度，第二次认识了它，原来偏僻的地方，在食不果腹的惨淡年景，为了生存，大家趋之若鹜；在丰衣足食的年代，它是闭塞落后的代名词，人人避而畏之。小时候，常常听大人教训孩子："把你卖到十八重溪去"，把偏僻当作一种教育的手段，时时对不听话孩子予以警示。

20世纪90年代后，人们的生活逐渐富裕。许多幽居偏僻的人被"幸福工程"所安置。溪头村被整体搬迁，村落荒芜得回归原始。如今随着浙江裸心谷的兴起，过惯都市生活的人，寻觅着类似的心灵栖息地，僻静的山村又一次被另一种生活激活。

过去，避匪觅食找寻溪头；

现在，远离尘嚣又见溪头。

溪头，安身的乐土；

溪头，心灵的故园。

绕过悬崖又一村

从 203 省道梧桐西林路口拐入，约莫 1 公里，一块指向后元宫的路标，把我引向通往溪谷上游的水泥路。

一路走来，两岸高山耸立，路越走越小，越走越险，山峰变得险峻，心情也忐忑了起来。

穿行于树荫下，凋零的树叶铺满了路面，一道印着叶泥的车辙，随着辗过的轮子伸向远方。路边管茅疯长，时不时地滑进摇落的车窗，划痛你的瞬间，深感此时此地的荒凉。

俯瞰谷底，乱石堆滩，浪花激荡。跳跃在黑褐色溪石间的水白，成为一抹最炫丽的颜色，照亮溪谷，漂白礁滩。抬眼望去，一条带状的山路悬在崖壁，飘逸得让人胆颤。

顺着溪谷往上看，高大的水库大坝，挡住了山谷的来向，三面合围，一个出口，此地成了葫芦状。山情别致，溪谷呈韵，右手边的山仑上，几座民房的存在，一扫我沿路走来的悲凉。

一座桥梁牵着彼岸，道路来不及婉转，九十度引向对岸。桥身久经岁月，古朴深沉，或黑或褐的颜色，让人怀疑它的承载与安全。桥宽 2.5 米，密实且粗糙的护栏，倍感车道的逼仄，车辆驶入犹如壕沟的桥面，我顿觉后悔，生怕进去后被卡得不能动弹。退还是进？犹豫间，对岸停泊的小车，让我坚定信心，相信判断，此路可过，车可前行。

穿过狭窄的桥面，来到了有屋有车的山仑。道路蜿蜒向前，路边的竹栅栏，像一道连绵的路标，指引我驱车向前。路小得有点吝啬，只够一部车的宽度，向着更加险峻的悬崖边抬升。一辆白色的越野车紧随不舍，走一条心里没底的路，我不想再当引导员，急忙选择让路，一边观察着他前行的状况，一边留心察看脚下的地形：路悬挂在峭壁间，大约 30 的坡度，左边崖壁临水，右边壁立千仞。从未经历的险峻，考验着我的车技，也考验着我的心理。

古人说："世之奇伟，瑰怪，非常之观，常在于险远，而人之所罕至焉，故非有志者不能至也。"我绕过悬崖，来到了后元宫村口，向右一转，眼前豁然开朗，同行的人惊呼：桃花源再现。

村子的房屋依山而建，从脊背到山坳，层叠分布。越过脊背，山坳的下方是整片李果园，开花时节果园与脚下的水库交相辉映，是一幅绝世精美的山水画。库面波光粼粼，向着山谷拓展，是垂钓者的乐园，来自四面八方的好钓者，犹如鱼儿遇上水，尽享这里的恬静与安然。

村子是温氏族人的聚居地，自仙游高阳顶迁居于此，十七世祖国升公为拓荒鼻祖，至今绵延十五代，约 300 年。村里有三个生产小组，鼎盛时住着 300 多人。村里有个宫庙，名叫后元宫，因宫的存在，村名因此而得之。"后元宫"建于清代，之所以称之为后宫，是因西林村有个顺天圣母庙称前宫。后元宫是村里最古老的建筑，供有圣母灵像，是村里人的精神依托；防御铳楼是村子又一古迹，梅叔公乐此不疲地讲述它的功能与担当。

村庄脚下有一条溪流，因为居后称为后溪，属一级水源保护区。后溪两侧，山高林密，森林资源丰富，布满古树名木：主要有红豆杉和香樟等。这里的村民，靠山吃山，野生红菇、苦笋是他们的天然蔬菜。经济作物油茶种植逐年增加。村民们养蜂卖蜜，腰包逐渐鼓了起来。李果收入是他们的主要经济来源，家家户户房前屋后，种满李树，若是花开季节，这里的山仑沟谷，披满洁白的李花。手工业还保留着打草鞋、织蓑衣等传统技艺。美丽乡村建设初见成效，村里房子整洁干净了许多。村子列入省级传统古村落，成为许多人记住乡愁的原乡。

这里还是革命老区基点村。1943 年 3 月，福建省委进驻后溪村清溪，把省委机关驻扎在龙潭里，建立抗日救国办公场所。省委领导黄国璋、林汝南、饶云山、苏华等在当地设立秘密据点，发动全省人民积极投身革命，建立革命根据地。后元宫村民冒险参与传递文件、挑送军粮、日常用品（竹篾、松明照明、粮食、蔬菜等），为革命力量的壮大发展直至胜利，写下了浓墨重彩的一笔。

因临时进村，没有做攻略，不知村里看点，也不知有何传统文化。想向当地村民了解，虽然有几十座房子，但看不到什么人，见一门口坐着一中年男子，我立马凑上，他除了告诉我先祖来自何方、姓啥、有几个生产队和多少人口外，其他的再也说不出。走向观景台的石阶上，我沉迷于鹅卵石傍岸和昂首见到的层叠铺开的建筑景象，此时，一个好摄友人来电告诉我，附近有座郑侨状元墓，还有石人、石马，看来还是块风水宝地，由于找不到领路人，我只好悻悻离开。

写到这，我想起了村里墙壁上打油诗："从前山上野猪多，拱翻不少番薯窝，阿公海螺一吹响，野猪惊闯满山坡。""革命老区民拥军，土木瓦房铳楼里；烽火岁月终过去，丰饶林中乐安居。""奶奶蓖梳密密顺，茶油一抹头发润。漂亮圆髻系红绳，又是姑娘一朵花。"多么生动的历史写照，多么深刻的传统村落诠释！

2018 年 5 月 1 日

穿越隧道抵达的村庄

黄坑村很诗意，寻访的人遇见，喻之美得撩人心扉，令人神往。文友、摄友建议我去看看，趁着人间四月天，我探幽寻胜去了。

黄坑位于赤锡乡的东部山区，从百度地图测量，由赤锡乡政府所在地到黄坑村，直线距离仅 2.6 公里，可我乘车，翻山越岭，至少走了 1 个多钟头。

到了赤锡，穿过一片库区移民安置房，找到了通往上山的路。公路绕山脊而上，车子很快被周围的绿所淹没。4 月，踏着春的尾巴，舒眉一瞻，沿路便是柔柔的明媚，绿柳吐烟，陌上花艳。微风过处，迷了眉梢，醉了心尖。

爬坡、拐弯，小车时而疾驰在山腰，时而盘旋在山谷。沿途一树树花开，随风摇曳，轻舞曼扬，飘落的花瓣，绽放着美丽，馨香满怀。路虽曲折，但却芬芳，让人多了一份期待，多了一份浪漫。点燃猎奇的火种，托着探幽寻古的激情，绘成五彩斑斓的向往，继续赶往追寻的前方。

在深山里跋涉，于丛林中穿梭。又是一座山岗，周围缀着几座房屋，一户人家大红的彩门，把翠绿的山野点燃，置办喜事人群的热闹，除却久久不见人烟的荒凉。

下了山岗，绕过一个弯，从树的缝隙露出"三宝溪水库"的字样。大坝落在山的峡口，巍峨壮观，形成一道风景，让人凝望。山涧出平湖，微风泛起涟漪，与斜阳交织，荡着金波，照亮山野，山映水动，水舞山活，好一幅"水光潋滟晴方好"的美妙。

车道从坝顶通过，连着隧道，通向山外的村庄。隧道似乎为小车量身定凿，一个车身的空间，不紧不宽，稍不小心，都生怕被凸出的洞石划破挤伤。隧道没有整修，野趣横生，长长的黑暗，窄窄的害怕，像娱乐项目"探幽隧道"一样刺激，同车的人"啧"个不停，连连称说刻骨铭心，永远不忘。

隧道为黄坑村出行方便，于修三宝溪水库时所凿。一洞隧道一座山头，我们连续穿过两个，方接上通往黄坑的公路。没有隧道前，去黄坑要绕着大山，越溪过涧方可抵达。爬山涉岭，穿越丛林不说，路程就比现在远了好几倍，进出一次，要整整一天时间。

出了隧道，顺着山谷，沿着山仑盘旋而下，黄坑豁然呈现。村子呈盆状，四面环山，北高南低，向着水尾斜去。山上林木茂密，苍翠欲滴。毛竹、栲树、榛子树、灌木丛交织分布，把周围山头包裹得蓊蓊郁郁，密不透风。此时此景，你若走在村央，仿佛蠕动于鼎底的幼虫，反复循环着你的活动轨迹。

由于地形所致，村里的房子，依山而建，呈环状分布。此乃先民智慧，一是屋有靠山，前有面堂，符合居家风水讲究；二则往山边靠，节约农田耕地，以利村民种养需要。这里住着程姓，鼎盛时有200多人。先祖从邻近的东坑村迁徙而来，至于何年来此，为何而来，村民说不清缘由，想必也像其他偏僻之地境遇相同，为了觅食，躲避战争和匪患，辟其幽居，得以安宁。

黄坑村美在僻静，美在自然。这里布局别致清静温馨。水系不算发达，但山中清泉曲曲弯弯，穿过村庄，绕行人家；涧水潺潺，汇涓成流，一弯水面，荡漾水尾，灵动了整个村庄。

竹篱圈着农舍，鸡狗鸭鹅叫醒村庄。池塘、果园，黑瓦白墙，炊烟氤氲，俨然一幅泼墨的山水画。透着清幽，藏着恬静，深山居村落，无处不溢满气定神闲的空灵气象。

黄坑是上帝遗落的玉翠，绿得碧透，美得诱人。这里地处偏僻，虽山清水秀，但为常人所不知。三百多年来，这里不经战乱，村民鱼樵耕种，生生不息，被称为"桃花源里人家"，因而古村落得以保存，至今人们仍生活于其中，这在百年烽火狼烟中，不能不说是个奇迹。

天中的云雀，林中的金莺，都鼓起它们的舌簧，轻风把它们的声音拼成一片，分送给山中各种有耳无耳的生物。桃花听得入神，禁不住落了几点粉泪，一片一片凝在地上；小草花听得大醉，和着声音的节拍，绿向远方。

四月，碧水传情、山峦叠翠，处处芳菲浸染。许多民房草长得有些疯狂，肆虐着走廊，占据了厅堂，八成以上的人家几近荒凉，走了一圈村里的人家，一个光着臂膀的汉子说，多年漂泊在外，住腻了城市的喧嚣，才想回家打理门前的池塘。乡村复兴的季节，褪去了淡淡的忧伤，四月春光萌动的葱茏，正在平复曾经荒凉和寂寞的悲伤。

温和的阳光散落在村庄，夹着即逝的春天味道，弥散向下个季节的远方，不要揣着眼前的绿不放，收藏四季更替，时光会在不被废弃的村落找回乡愁。

寻味乡村

旅途有远近，悠然观自得。作者在永阳山水间探索与发现的轨迹，看似"舍远求近"的做法，其实也达到了"积跬步而致千里"的大观。在此过程中，他享受与千年文脉、山水草木对话的乐趣，潜移默化中，亦增进了自己对一方水土的理解和情愫。

千寻白杜

在乡下工作时，千百次与它擦肩而过，如今定睛端详它的容颜，仍有一种初来的激动：山重水复，一席沙洲。蛰伏的民居，褐墙黛瓦，房前屋后，绿透篱笆。篱笆规整统一，圈出了菜园，也圈出了悠长的农家气息。村子因改造美化焕然一新，充满诗意，这就是中国白杜画家村。

白杜是梧桐镇的一个自然村，因谐音百度，诗意勃发的文人，攫取现代人的认知，把具有搜寻功能的百度嫁接给了她。在穿村而过的路旁，竖起两个大大的"千寻白杜"牌子，像赋予灵魂一样，增添了白杜新的知名度。

"千寻"带有蓦然的惊喜，"白杜"原本像溪里一块礁石的平常。如今，二者的巧妙结合，充满着诗意，激活了认知，点亮了山村。

203 省道沿大樟溪逆流而上，大约在 92 公里处，与溪相随的两岸山脉，右岸折成了山谷，左岸顺势延伸。白杜就夹在其中，形如一双捧水的巨手，手尖合拢的位置指向山谷，手掌合并的地方是栖居的村庄。她依山面溪，偎依于大樟溪畔，空灵寂静，在这里存在了千百年。

白杜是行政村所在地，下辖白杜、溪北、小白杜、后舍 4 个自然村，共有 369 户 1171 人。白杜很小，小到可以一眼望穿。过百漈沟景区，绕过几道弯，便可看见大樟溪上俨然都江堰的溪坝，溪坝的左侧有块溪水冲刷而成的洲。这块洲地，在大樟溪沿岸，算是很小的，由于土肥水盈，容易养活人，加上水路发达，此地顺理成章成为宜居宜业的风水宝地。

洲地由两部分构成，一部分在溪畔，另一部分在溪央。溪畔的部分成了村庄，溪里的部分，因形象酷似一匹骏马卧在大樟溪上，俗称"倒马"。倒马也好，卧马也罢，当地流传着这样的传说。

村庄的面堂是个谷地。构成谷地的左侧山脉，形似虎状，从远处蜿蜒而来，逼近大樟溪处扭成虎头，两脚一伸，踩在溪上，状如扑食，威猛人惧。溪里的过江卧马，本想戏水而去，迫于虎的淫威，不敢动弹，僵化成大地的永恒。千百年来，任凭洪水冲刷，卧马过溪的形状始终未被损毁。

56

白杜是以姓氏命名的村庄。因处于大樟溪中游，是古时五县水路交通必经之地，久而久之，这里成了补给站、栖息所、交易地。传说，这里最繁华时有 36 巷 72 街，居民 4000 多人。栖居此村最早的是姓白和姓杜的人家，因此，人们习惯称之为"白杜村"。如今，在这弹丸之地上，仍有欧、陈、黄、林、张、郑等姓氏聚居。人口杂、流动性强，从其姓氏分布，便窥见一斑。

岁月之于这里，只不过是一种如同流水的过程，丝毫不会改变她的模样。千百年前遗落在这里的美丽，千百年后还会找到。徜徉在白杜山水交融的风景间，任何一个不经意的瞬间都会让人跌进遥远的记忆里。据传，当年，财主陈赐金名噪一时，他在这里建有 36 街 72 巷，还留下一个令人深思的故事：有一个兴化人赶着牛从街上通过，牛过粪落，陈财主盛气凌人，逼着赶牛人用竹篮打水来洗净被污的街道。兴化人从此暗下决心，回去拜师学习地理堪舆，回来找到陈氏祖坟，破掉虎穴风水，留下哀怨凄美的传说。

白杜像一个不曾开启的故事，用同一种色调和风情静静地存在于大樟溪畔。散落的民居，层叠的青瓦积淀着不同年代的尘土，凝重里带着纯粹，纯粹中又含着原始。房前屋后的篱笆，扎成江南田园的风情，李树开花的季节，花白透着沁人清香，整个村庄染成童话世界的美妙。但居于交通关隘的白杜，画面不都是这样宁静温馨的，一股民国年代的硝烟，炝出了一段蒋介石隅白杜的恩怨情仇。

1918 年 11 月 6 日，时任粤军参谋长的蒋介石，讨伐孙传芳部队，从德化率兵进入永泰。过嵩口到白杜，时近中午，遂令部队就地安歇。午餐时，蒋介石见路边一座小楼人来人往，并不时有人滞留不前。于是，他就派人去探个究竟，很快，探子回来报说："此乃税馆。"蒋介石听后勃然大怒，"这年头，谁敢在此设馆征税？"得知是当地匪头陈梅芳所为，气不打一处来，立马下令予以清除。据《永泰县志》记载，陈梅芳系北洋军阀孙传芳的分支队伍，属于明团暗匪性质，此匪总部设在嵩口里洋，部分兵力布设在大喜寨。蒋介石摸清情况后，派了一个班的兵力乔装成农夫，向着陈梅芳大喜据点挺进。不料，蒋的行动，被土匪事先觉察，并设下埋伏。由于派出的人少，武器没有优势，加上陈梅芳援军赶到，人生地不熟的剿匪兵，被打得只剩下一个人活着回来。

蒋介石由于轻敌，招致了严重损失。据当地人口口相传，为了剿灭陈梅芳土匪，蒋在白杜村住了两个晚上，经过休整，动用一个营的兵力和 6 枚六零炮，这才轰倒了大喜寨，捣毁了陈梅芳老巢。

战后，蒋介石率部队拟向福州进攻，行至闽侯瓜山又遭北洋军阀周荫仁部队阻击兵败。情急之下，蒋介石带二连退守永泰县城，县令金章挂印逃走，蒋委派书记官莫昌葵代理县知事。七天后，周的主力部队开到了永泰城郊的小东亨（今日小东坑一带），蒋知不敌，于是带领部队向大洋方向撤离，退往永春。留下了蒋介石执掌永泰七天县印，以及许多传说。时年蒋 31 岁。

风景只为懂的人而生，白杜在乡村振兴中被激活。曾经厌弃山野原始的人，因为住腻了钢筋丛林的冷硬，向往着纯真的水和空气，忆念房前屋后田园的亲切，越看越留恋这里的风情。36 街 72 巷已经不复存在，但那改造铺设后的石板路、鹅卵石道，以及重新描绘的墙画和柴片垛成的 24 字社会主义核心价值观，依然让人勾起对逝去风物的怀想。

这种怀想，让人留恋起这里轻纱薄帐的沙洲——收藏青瓦顶上飘渺的炊烟，聆听房舍前潺潺的流水，观赏桃红李白的蓬勃，收获园子里瓜熟蒂落的喜悦。

而今，中国白杜画家村，宛如天生丽质的村姑，素朴纯然、风韵独特，稍稍打扮，变得超凡脱俗，惹人遐想、让人驻留。

曾经的生产队仓库，一经改造，变成了与众不同的民宿：夹着田园气息，裹着园林风韵，看大樟溪汩汩东流，听屋后松涛阵阵。人们惬意于轻拂的溪风中，赏一程山水美景，祛除身心的疲倦与烦恼。网络青睐这样的创意，与回归自然的素朴，难怪瞬即成为网红打卡地。白杜美化还在继续，经"穿衣戴帽"后的白杜，定然更具万种风情。

对于白杜，我同所有人一样，带着陌生的熟悉走进，去寻找浮华的岁月里沉静的安然，去追求纷繁俗世凡尘间的清灵洒脱。

2019 年 4 月 18 日

云阶月地的诱惑

永泰多山，俯瞰大地，山脉逶迤，山峦叠翠。茫茫苍苍的原野，因山的多样性，演绎成峡谷、溪涧、岩瀑等奇观；偶有平地，分割成一个个珍珠般散落的村庄。

青云山脉东西走向，在葛岭溪洋处，向着东北延伸的脉脊，犹如一条遇阻的龙身，一个犹豫，在这里扭出诗意，曲成仙境，它的名字叫仑头坪。

山仑、平地、山窝、坡地，构成了仑头坪地貌特征。这里常年云雾缭绕，树木苍翠，花果飘香。它与世隔绝的孤寂，在升腾的炊烟中，在黄昏的烟霞里，浸染出恰似云阶月地的美妙。

沿着天门山公路挺进，在峡谷的狭窄处，一条伸向溪底的道路，向着对面的山体爬升，道路蜿蜒至大约400米的高度，那一仑高地，便是来了不想走的地方。

回眸脚下的村庄，由平视变为俯视，梅花掩映的粉墙黛瓦，也模糊成一顶顶黑色礼帽般的俏皮。路至尽头，一块难得的开阔地在山仑间铺开，也许缘于这方平地，抒写了这里的神奇。

站在高处，倚山远眺，心旷神怡。不管是连绵起伏的山，还是汩汩东逝的水，一切皆成画的元素，点缀其中，美成风景。梅花争艳的季节，一张摄影作品上传网络，引发网友狂赞，惊呼此乃人间仙境，名扬八方。这不是蓬莱海市蜃楼的虚渺，而是仑头坪的真实写照。

房子依山而建，层层叠叠，错落有致。延伸的道路不自觉间把我引到邱氏祠堂，紧挨的屋舍，犹如握拳的五指，从掌心依次散开，仿佛寓示着这里族人向心团结，抒写篇章。

站在祠堂前，放眼望去，左有梅岩尖，右有大驼山，背后矗立着闻名遐迩的天门山。三座山峰各有各的故事，流传着不朽的传说。其中，梅岩尖下的梅岩寺故事最悠久，最深入人心。

据《永福县志》记载，梅岩寺建于公元1234年，张梅二仙炼丹于此，聚集四方高僧来此讲学传道，鼎盛时，梅岩寺香火不断，梵音未绝。四邻的山头，无不弥漫着由此飘出的梵香。仑头坪可谓近水楼台，承接仙气，浸润着佛法灵光。

仑头坪是名副其实的山旮旯。山脚下，即被称为"洋"的地方，也不过是稍微朗阔的谷地。小溪从谷底流淌而出，两岸山脉空间，少则六七百米，多则千把米。山民喜拥平地，便把渴望托给了这鼎窝状的地方，自欺欺人地称之为"溪洋"了。

20世纪90年代前，山民想迈出"洋"门，大樟溪便像一道天堑，横在眼前，拦住去路。通往外界要过渡，水急不敢渡，天黑不想渡，山民几乎过着与世隔绝的生活。溪洋且如此，仑头坪又怎让人钟情迷恋？这就像一道魔方，叫人怎么转也转不明白。

翻开《邱氏族谱》，从其发黄的纸片只言片语中，看到了其先祖一路迁徙的轨迹："始祖由器物旧盘底红字写有'汀州府上杭县'悉知，自上杭迁葛岭东星草堂宫居后，通公又迁到溪洋郑埕居住。康熙戊辰年（1688年），文壁、文镜两兄弟迁居仑头坪。"

虽然从谱牒无以见得其兄弟披荆斩棘，发现、迷恋、安家、置业仑头坪的文字描述，但一登上这个仿佛盆景的村落，上了年纪的老人，都会说一则关于先祖与仑头坪的故事。

文壁、文镜兄弟，在郑埕生活了若干年，因谋生垦荒拓场所急，想开辟一个与世无争、养家糊口的新领地。一天，兄弟俩溯溪而上，沿着溪底，一路涉水，到了三丘头，两岸山高林密，一边巉岩耸立，一边少石葱郁，于是，他们选择了少石必多土，葱郁必肥沃的右山头，作为寻找拓荒的目标。

灌木丛生，荆棘横披，兄弟俩爬到半山腰，时近晌午，从荆棘中钻出，汗水粘着树莽粉末，已看不清面庞，精疲力尽时，一个转弯，平阔的地块豁然显现。他俩爬上高石，虽饥肠辘辘，但却心旷神怡。喜悦中，兄弟俩像顽皮的孩子，出于陌生带来的好奇，从这个石头跳到那块石头，仔细观察周围的环境。一种相见恨晚的亲切，注入心头满满的温馨。垦荒、种植、开花、结果、收获、安家、繁衍、传承，一个个诱人的画面，不断在内心遐想中闪现。晋人捕鱼发现"桃源洞"的神秘，难道要在自己身上演绎？惊喜之余，生存的方式茅塞洞开，开辟新家园愿望从此萌生。

兄弟上山后，搭起草寮，架起锅灶，过着类似原始人拓荒觅食的生活。生活是清苦的，可不惊不扰，没有兵匪之忧，没有土地纷争，体力活后的安然，倒让他们对此迷恋不舍。时间久了，山上生活越来越顺当，日子过得越来越稳定，靠山吃山成了一种向往的生活。

饥有所食是最大的幸福。兄弟俩兴奋得忘了劳累，没日没夜地把周围的山场，辟出一丘丘园地，不断种植适合山上生长的番薯、蔬菜，经济作物李果、青梅等。漫山遍野的野生毛竹，制成器具，换取钱物，日子过得惬意安然。

山上封闭，除了温饱，上学、看病、购物皆为难事。最为苦恼的还是男大当婚娶不到老婆。也许是造物主的安排，这里女多男少，家家户户为了延续香火，长大的女儿，多以招赘女婿来传宗接代，因此，山上户主多是外姓，女的都是邱姓。

这里的山民，铭记祖愿，每逢过年、结婚喜庆，在祖厝的厅堂大门上，都贴着"永水振家声，河南绵世泽"门第联。读懂对联，我们便知其脉络传承，家声传延的内心动力。

族谱记载，文壁有后，文镜不详。文壁后人排行为文、捣、启、侯、高、祖、兴、隆、诗、亦、大、长、发、其、祥，至今有 330 年，繁衍了 14 代。现有 2 个生产小组，人口 100 多人。随着城市化进程，以及年轻人外出务工，住在山上的多为老人。

村落意蕴沧桑，离开了仑头坪，我虽走出了古厝氛围，但却走不出其先祖筚路蓝缕辟园安家的心路历程。

老人、老屋原始般的秘境，给都市人以无限的遐想。仑头坪云阶月地的美妙，我去了还想去！

2018 年 3 月 1 日

漈上芹草丰

瀑布的方言又叫漈。在永泰与漈有关的地名很多，其中百漈沟最为出名。

百漈沟原是一条原始的深山沟，在开发前，沟深林密，荆棘丛生，巉岩陡壁，瀑布成群，2001 年被打造成景区。景点沿着一条近 2000 米长的峡谷爬升。谷底与山巅相对高度 680 米，构成景点的沟涧，从山顶贯穿而下，因其流经形态各异的山崖，跌成了水帘、龙缸、珍珠、彩虹、人参、双狮、白龙、三叠等异彩纷呈的瀑布。景区开放后，沟因瀑而闻名。

你如果从下往上游览景点，随着蜿蜒爬升的路径，偶尔转折，或上坡见平，不时从树缝中呈现出各种漈的奇观：有水破石开的震撼，也有珠落玉盘、瀑落成帘的美妙。最为精彩的是天坑瀑布：在晴天的午后，光线的折射下，一道五彩缤纷的彩虹，如约披挂在那尊尽享沐浴的佛像石身上，无数游客为一睹石佛尊颜，或驻足等待，或择时上山。

倘若你体力可支，每前进一步，都会收获一份惊喜。登上一级又一级瀑布，我去寻找百漈沟的源头。源头还没找到，却找到一个名叫芹草的村庄。为什么以草为名？遇到的村里人谁也说不清，只知道祖祖辈辈都是这么叫的。草与村庄若无半点的瓜葛，在讲究渊源的古代，是不会随便赋之于地名的，那又因何而生？2019 年 8 月，我带着多年不解的疑惑，再次深入芹草，访问了乡贤陈为祥老先生，他的一席话，让我茅塞顿开。

芹草为陈姓聚居地。永泰陈氏 52000 多人，在全县人口姓氏排名位居第一。其始祖有三大支系，分别是陈嵩、陈勋和陈雄、陈雅二兄弟。陈嵩五代时（907—960 年）从河南颍川郡入闽，定居永泰十六都，为陈姓入樟第一人；陈勋宋重和元年（1118 年）由闽清小溪源入樟，定居梧桐埔埕为其次；陈雄、陈雅二兄弟 1140 年居洑口衡洋，书写了陈氏第三始祖拓荒永泰的繁衍史。

芹草为陈雄后裔。宋重和元年，二兄弟从河南尤州固始县出发，入闽后落脚福州下渡。没过多久迁居兴化，后辗转永泰樟林坂，再去洑口衡洋（梅村附近），住三年，又转嵩口池充（电影院），居嵩口因林姓欺负，过两年又回衡洋。陈雄娶妻，陈雅无续。陈雅热心公益，尽己所有，参建许多项目，颇有口碑，嵩口文庙塑有其神像。

陈雄支脉，虽代有传人，但八代单传独苗，直到第九代才花开有偶，有了文榕和文宝。文宝到梧桐白杜西北蔡氏家上门，生三子，其中有个儿子叫陈樟（第十代），以放牛农耕为生。芹草与白杜邻村，前者依山，后者傍水，一个在山上，一个在水边，而放牧的牛群中，有只牛经常跑到 8 里外的地方寻草吃，这种草名为芹草。其子陈仪为了放牧方便，不再往返劳顿辛苦，明万历十四年（1586 年）就在放牧地盖了草寮，携家带口把家安在山上。为纪念来时的缘由，就把长满牛爱吃的草，作为栖息地的地名。起盖的草寮后来成了祠堂。

百漈沟景区开通后，进芹草多了一条从下而上的攀登路径。村子位于百漈沟的头顶，距山顶还有一两百米的半山腰上，看似险峻，实有和缓宜居山坳。巍峨连绵的山脉，突然像下马蹲的拳师，犹豫间，收缩了一下身体，陡峭的山势，褶皱成一片空阔。对此，拓荒先祖寄寓了种种念想：他把对更广阔地方的向往，更平坦家园的追求，赋予了放牧讨生的地名。因此，在草的后面又缀上"洋"字，芹草又称芹草洋。

当你爬完坡，脚下的地势变得平坦，你就来到了村口。村口很有特色，一片森林茂密葱郁，一棵棵挺拔的树木，仿佛站岗值勤的士兵，把守着重要阵地。走近一瞧，这是一片油杉林，粗壮高大，密密麻麻的年轮彰显了它的久远。

这样的林子，俗称风水树。距这不远的地方，还有一棵油杉高25.8米，胸围7.35米，树冠28.7米。2014年9月被福建省绿化办评为"福建油杉王"。此树全国仅分布在福建、广东、江西三省，村里人认为，既然其他地方尚未发现超越它的油杉树，就在路旁立了一个"中国油杉王"卧碑。

油杉属濒危物种。芹草村这棵油杉，2014年在十大树王评比中，又被冠以福建第二批"十大树王"称号。2018年4月，其形体之美被全国绿化办、中国林学会授予"中国最美油杉"称号。

这棵矗立在村尾的油杉王走红后，人们有很多猜测：一是树龄，二是种植者。在科技高度发达的今天，测定树龄按理没有悬念，但在各种新闻报道中，依然有1500年、960年、501年不同之说，众说纷纭，莫衷一是。

据族谱记载，芹草于1586年掀开始祖择巢而居的繁衍史。依山里人的传统观念和风水理念，他们落脚后，依堪舆之说，在村口或水尾栽些风水树，用来规避风水之嫌，缔造美好家园。油杉林和油杉王栽种的位置，恰好吻合风水说特征，且在周围山场不见此树种，可以断定这里不是原始生发地。此树是随芹草村诞生而存在，繁衍而茂盛的，树龄在500年左右。

在油杉王旁边建有一座庙。庙建于何年不详，里面供奉着观音、卢公、张圣君、医林帝君和五谷仙娘等。只要村民认为能保护他们消灾避难、祥和平安、五谷丰登、丰衣足食的神仙，都被虔诚地顶礼膜拜。

66

时间长了，巍然矗立的油杉王，村里人又把它当作神来朝拜。许多人按照生辰八字命卦，把命运交给树神来调节，给它当契子，让树神为他们消灾避难。每年元宵节，树神的几十个契子，如约来祭拜，把心愿写在红布条上，系在树梢上，点缀于翠绿中，飘扬成一道独特的民俗信仰风情。

在油杉王的左前方，有棵奇特的树。此树为枫树，不知是雷劈，还是人为的，树身虚空成一个洞。从树头蛰进身子，树洞内挺直腰板，透着头顶对着苍穹的另一个树洞，它把蓝天绘成一个满月形状，因此又称之为"月亮树"。人们稀罕于它的奇特，一棵树成了一道风景，走进芹草的游客，乐此不疲地揣摩它、观瞻它。

村子周围被山峦包裹着，树木葱茏，富有诗意。在上山的大路旁，有棵"情侣树"，就像一对相拥依偎的情侣，沐天地雨露，看日出日落，忠贞成大地的永恒。恋爱的年轻人，不辞辛劳，都愿意跋涉一程，在情侣树前合影，寄托自己对美好爱情的向往。

芹草人的基因，遗传着先祖开拓求生精神。20世纪80年代，改革大潮涌进了封闭的小山村。年轻的芹草人，再也不安于现状，纷纷冲出山门，北上中国最具活力的城市上海，从摆地摊、提篮小卖做起，先卖山货、再卖海鲜，最后通卖南北干货。经营形式从实体店，发展到贸易公司、批发公司、电商平台，生意越做越大，致富的人越来越多。全村1000多人，在上海经商的就有300多人。村里家产百万以上的有300多户，千万以上的有30多户，家家户户过着富足安乐的生活。

芹草人致富重教育。从20世纪80年代末开始，村里人家境殷实后，他们首先想到的是教育，如今村里培养出150多个大学生，3位博士生。芹草正抒写着教育改变落后的新篇章。

芹草人致富不忘桑梓。第一拨出去的陈为晶，兜里鼓起来后，又回来反哺家乡。2001 年他与其他两位股东，投资开发了百漈沟景区。一条沉寂的山沟，成为万千游客打卡的热点，如今已成为 4A 级景区。

开拓求变永远是芹草人的灵魂。2016 年开始，村里又成立了一个旅游投资公司，拟投资 1 亿多元，开发百漈沟头顶的千柱峰景点，以股份制形式融资，每股 100 万元，认投达 42 户。一个规模更大、景点配置更合理的旅游地，正在规划实施中。

如何把百漈沟连着芹草村打造成一个"吃、住、行、游、购、娱"的乐园，陈为晶总经理信心满满：主景区提供给探险、健身、观光的年轻人；芹草作为景区的腹地，打造成农家乐园，为家庭游提供温馨、充满乡土气息的休闲养生地。村庄里有果园、茶园、葡萄园、桃园，在适宜的季节，提供体验采茶、采摘葡萄、水蜜桃等农事活动；拟建休闲宾馆，供给养生住宿，感受远离尘嚣、做山里人的快乐。

进入芹草，从上往下这条路，是连接背后广阔的湫龙、樟坂、同安等腹地唯一的交通线。道路从山顶蜿蜒而下，俯瞰脚下的村庄，早春时节，常常会遇上云蒸霞蔚的美丽。雾气升腾时，村庄的一座座农舍，在雾气的包裹下，山峦叠翠，绿树掩映，俨然一幅静美而又充满人气的山村画卷。夕阳西下、晚风吹拂，徜徉村中的小道，吐纳高负氧离子的惬意，顿时感到心旷神怡，仿佛置身"世外桃源"的美妙。

于是，你会惊叹漈上芹草是一个充满诗意的家园。

春光乍现

此处"春光"并非春天的阳光、景致，而是依偎在大樟溪畔的一个小山村。

春光村地处永泰县梧桐镇，203 省道从村旁擦肩而过。三年前，不经意的瞬间，一幅烟雾缭绕的山水画卷摄入我的镜头。每每整理照片，那叫不出名字的地方，虽令人心生遐想，但从未像今天这样对它好感并关注。

省道在村庄之上，极目远眺，一览无余。若你不曾来过，很难想象村子的朴素宁静、古老诗意。如今因建设"美丽中国"政策而滋润，春光人正打造江南水乡诗意的梦。这里的每一片风景，都可以轻而易举地打动你的柔肠。

来到春光村之前，我也只是一个偶然的路人，却不知因一声快门的清脆，与它有了缘分。尽管这只是我漫不经心收存的一份感觉，但我对春光村的一景一物，便有了多于他人的细微关切。

顺着村道向深处延伸，篱笆围成的农家院子，不规则地分布在交错的小道两旁。青瓦黛墙，古榕掩映，古朴的温馨扑面而来。院前零星俏立于枝头的梅花，为农舍增添了诗意，也平添了活力。一幅"赏梅东篱下，悠然见春光"的美妙，让你感到美得宁静、美得透彻、美得温馨。

我不知春光村从前的模样，但我总觉得停车场周围的场地、草坪、绿树、花径，给乡村注入了迎合现代人审美的元素。不造作、不突兀的组构，映衬着周围农舍焕发生机，诗意益然。如果老农坐在廊道的长凳上，抽一筒旱烟，呷一口茶水，一股古朴的沉香一定会漫过村庄，直抵溪边。

宁静的光阴，在茉莉花香的氤氲中微微荡漾。这里有着春伦集团茉莉花基地，从山脚到水边，村里能见到的大片田地，都栽上了茉莉花。每当初夏花开，整个村庄弥漫着心醉的花香，与灵陞阁升腾的香火糅合成独特的乡村味道，成为春光乡韵。清禧殿翘角昂天傲立，仿佛一眼就能看到春光的久远历史。

其实，春光的历史有多厚重我知道的并不多，但村里两棵500多年的大榆树，一座建于明朝距今600多年的三爷殿的存在，以及树和殿的传说，似乎让我看到了村庄由远及近的身影。

村里虽然没有多少叱咤风云的人物，但曾任钦定江南提督、翰林院编修、江西乡主考、纂修过三朝国史、大清秘书陈汝仪的出现、以及顺治年间任职广西柳州府推官陈嘉猷的存在，奠定了春光村不失为地灵人杰的荣耀。

岁月就像村边流过的溪水，一路走来惊涛与涟漪共存，更多的是安稳从容。这个村庄，自一开始就与大樟溪逝水荣损共存，从容地经过四季更替，从容地看淡人生离合，也从容地接受往来的过客和他们所带来的不同情怀。

临水的春光，似乎多了一点山区乡村不可多得的如纱薄雾，仿佛只有这样，才可以凸显出永泰母亲河大樟溪的滋养与灵气，灵动和风韵。站在古码头，仿佛看到从远古走来捋袖卷腿过往山民的疲惫，商旅渡河赶集的急切，老幼就医上学出行的忧愁。这里一头牵着春光，一头连着圳南，作为通往外面世界的通道，它见证了两岸山民，跨越大樟溪的艰难险阻。流水低吟，桨橹浅唱，溪面上至今保留着打鱼讨生的画面。时至今日，打鱼也许不为讨生，只为讨菜，更多的却为一种乐趣。多少年来，尽管经历了无数的人事变迁，世事轮回，栖居水边的山民都不能将来往渡船的记忆改变。古码头周围虽然冒出一些生硬的民居建筑，与古巷、老屋有点不搭调，但生生不息的血脉，年复一年讲述着几近相同的故事。

来过春光的人，一定忘不了绵延千米的鹅卵石滨水小道。在永泰，这样临水枕风的慢道，可供人们休闲散步的不在少数，可只有春光的滨水小道独具风情。因为那长度，走上去，仿佛可以抵达前世。鹅卵石的路面，仿佛把时光在这里打了个结，不再浮躁，不再喧嚣，让来到这里的人们，享受心灵的宁静，感受流转在诗意小道上的风，吹拂着心底淡淡的清凉，梦幻中的"青山横北郭，白水绕东城"的画卷，在你眼前肆意地铺展。

我总是以过客的方式在行走，在春光的渡口，我目睹一艘船，将此岸人群送往彼岸，在这相逢一刻，突然觉得每个人的一生都是为了过程而匆匆赶赴，但谁也不可预见赶赴的结果。于是千百年来春光人锲而不舍地为改变而赶赴，追赶温馨，构建美丽。

自从春光村在媒体上揭开面纱后，陆续迎来了来自省城以及周边的游客。微信、博客、QQ 空间不断上传拍自春光的美丽。有人告诉我，春光的美丽元素很多：依山傍水、村庄开阔、花海小径、码头风情、廊桥景致等。在我看来，千年古榕是美的精髓。我不想考究它树龄千年与否，在我看来，它一定是随着村庄存在而诞生的一道独特风景。它为大樟溪而生，为世代春光子民而生：因为咆哮时的大樟溪，它可惊天动地，亦可撕裂堤岸，淹没家园。为保平安，村民沿溪栽树，固土护基，保护家园，便是他们的最佳选择。如今参天古榕凭溪绵延，像鹤发童颜的仙人，风采依然；似仙风道骨的老者，弥须垂幔，守在岸边，静观来水，时刻警惕着水患的祸害。有谁可以怀疑它与春光同生共长的理由？

就在古榕外，流淌的大樟溪在这里显得尤为大气和静美——在这里水面特别的开阔，似乎像一个妩媚的湖；在这里仿佛是一个天生的埠，把上下的商船漂泊留住。水路昌盛时，这里泊满了过夜的舟船，岸边有修理舟船的木帆社，商旅寄宿的旅店，旅客消愁怡情的酒肆。笙歌暮笛，吹生这里的记忆，残垣断壁，依稀辨认当年的繁华。

黄昏随着恍惚的思绪渐行渐远，夜幕笼罩下的春光是另一番美丽。村庄很静，静得只能看到大樟溪岸边黛瓦青墙落在水中的影子。孤寂时，沿溪的古榕，在微风吹拂下和着潺潺溪水，才不时地发出讪讪的笑声。

春光美得像一场梦，却又真的不是梦。春光恰似其名字般的灵性，在一幅诗意盎然的画卷前投下一束耶稣光，使画面粲然。

春光是中国美丽乡村的缩影，千千万万美丽乡村的诞生，就像乍现的春光！

2016 年 1 月 7 日子夜初稿

2016 年 2 月 24 日定稿

相逢万石

相逢万石，是缘分的牵引，还是注定的安排，并不重要。来到万石，将寻觅些什么？是收揽石的奇观，聆听石的故事，还是除了石以外，这里演绎着粮仓与花海的精彩？

乍听万石二字，脑海闪过铺满石头的世界。

永泰天门山景区上方，有个叫万石的村庄。是不是村如其名？我内心充满好奇。

万石是葛岭镇的一个行政村，村庄位于青云山脉的一座山腰上。2005 年，我在葛岭镇任职，因村级换届选举工作，第一次走进了这个村庄。

上山的公路还在修，无法通车，我择山民祖辈攀爬的路径上山。天门山景区开业后，上山的路要从景区走一段，然后沿着灌木丛生的山坡穿插而上，时而荆棘丛生，时而茅草萋萋。通过密林，绕过田野，有规整不一的石阶，也有软硬不匀的田埂，七绕八弯来到了村口。

村口是两边山的夹口，里宽外窄，从上而下贯穿的一条小溪，占据了村口大部分空间。这里长着几棵高大的树木，枝蔓相连，把村庄里面的世界，遮掩得严严实实。

村庄呈漏斗形，以斜依的姿势呈现在我面前。去的时节正值夏天，除了田塍被剥得有别于周围颜色，显白露褐极具层次感外，逐级抬升的梯田连同周边的山头绿成一片。通往各家的小径，在山边盘旋，在田野交织，似叶脉纳光输氧，方便了出行，活络了村庄。抬眼望去，层叠而上的田园，从村口垒至山顶，仿佛登天的阶梯，引诱着村民年复一年的攫取攀爬。房前屋后的老树，绿得有点发黑，缀在葱茏的山谷里，它站成了一道道独特的风景。蛰伏于树下的老屋，不时升腾的袅袅炊烟，阵风吹过，弥漫在青山绿野，吸引无数人想去敲开深院重门，看一段万石的往事。

端详眼前站立的村庄，在绿的掩映下，除了偶见几块巨石，没有更多的石头。"万石"之名与眼前的景象大相径庭。

"石"可为名词石头，亦可作量词念"担"，古代计量单位一石为十斗。在汉朝时，万石是代表官阶，汉官秩的最高级。地名取万石也有许多：江苏宜兴万石镇是历史悠久的江南名镇、鱼米之乡，以其历史"万石粮仓"而得名；厦门有个著名的万石园林植物园。而万石作为地位权势的象征，《万石君列传》记载的故事最为精彩。汉初石奋及其四子皆官至二千石，五人合则万石，好似今日"一门五部长"。其家风家教演绎的兴衰成败，诠释了封建社会的选人用人观。万石作为薪水俸禄又是一个用法。

这里的万石，如果与字面上的意思无关，与高官厚爵的人文有关吗？我多次进村采访，听取各种传说，今年68岁的老人林莲花，讲述了口口相传的万石由来说法：万石，本地人又称破石。这里山高路陡，荒凉偏僻，人迹罕至。但一弯谷地，却是一块肥沃盛产粮食的地方。有个这样的美丽传说：这里山上有两块山石，形似母鸡，一只向着葛岭、溪洋，另一只向着莆田方向。夜深人静时，这两只母鸡经常下山觅食，近吃葛岭，远吃莆田，吃在外面，拉在万石，是地道的"吃外扒里"的东西。粪料肥了地力，耕田种地样样丰收。山谷成了聚宝盆，村庄每年收成的谷物上万石。为纪念物阜民丰的盛景，故取村名为万石。后来，母鸡跨界偷食被人识破，莆田人寻穴于此点化了它，万石只留其名，不再富庶。

不再富庶的万石，归于寂静。上山的路失去了从前的光滑。闭塞、偏僻、丛林密布成了野兽出没的天堂。村庄的人，扛着猎枪，挑着虎夹去布场，是人们生活的朴素模样。远近猎人慕名而来，狩获麂、鹿、麛、山鸡、山兔、野猪……这里又成了狩猎山珍的追逐场。猎者有本县十里八乡的，也有外县的，其中来自闽清的林茂尚（谐音），在这里抒写了传奇与神话。他迢迢而来，以狩猎为生，在这里搭草寮，过着隐居生活。草寮后来盖成了祖厝，因名茂尚，祖厝至今仍叫茂尚厝（谐音）。老人讲完这段故事，特别向我说明：我不识字，所说的人名与厝名都是谐音。

林茂尚到了五十多岁，尚未娶妻生子。他为人和善，大度豁达，经常把猎物予以分享。久而久之，声名远扬。一天来了好几个女乞丐，有老有少，茂尚一视同仁，个个好吃好喝，热情招待。几天后，她们要下山了，林氏就留下一个20多岁最年轻的女乞丐，成家生子，抒写着万石林氏始祖开疆拓土的新篇章。

不多久，他们生下一子，守着这个质朴的山村，几亩水田，几坪菜地，几眼山泉，几间老屋，几缕炊烟，像作一幅长卷的水墨画，用勤劳度量着光阴，用脚步踏觅着山水，只为繁衍生息终老一生。

多年后，林氏儿子生了个女儿。女儿招赘生了一男。传至第四代，林氏开始枝繁叶茂。此男娶妻纳妾：大婆生有4男，小妾生有1女。朵朵花开有果，繁衍昌盛。这4个男丁各有出息，成家立户，起盖房屋，分别散落在石壁脚、黄土垄、池头、担厝坵。小妾生育的1女留下招赘，居住在祖厅周边，接受采访的林大娘丈夫一脉，自称就是小妾的后裔。

万石村不大，姓氏多而复杂。村里有林、黄、陈、刘、马、方、俞等，林氏是一大家族。几经查寻，找不到更多的人文故事，也无法查考村里出了哪些名人。只知道原福建省中医学院院长俞长荣、现福州市委党校教授俞慈珍从这个村庄走出。至于，村里的姓氏，来自何年，为何抵达，都缺乏足够的探研，他们守着小山村，满足于自给自足的生活，从他们衣食住行中透着祥和与幸福。村民的主要收入是青梅，兼之山野的杂木、竹子等山货。改革开放后，他们从山里走出，家家户户融入大社会，村庄偏僻与宁静反而成了城里人追逐的世外桃源。

近年来，万石成了网红打卡点。每年一月，梅花盛开的季节，上山的路，车水马龙，整个乡村成了欢乐的海洋。房前屋后、田野、山岗，红梅、白梅竞相开放。梅园、田园欢声笑语，人头攒动。

这里是永泰红梅最佳的观赏点之一。永泰红梅不多，但在万石，每当大地枯成一片焦黄，寂寥成萧瑟时，位于岭边的青梅树上，就会露出一点花苞的淡红。先是一点、两点，再是一株、两株，最后汇成一片。那红成一片的鲜艳，似乎是对严寒的抗争，也是对勃发活力的生命礼赞。一株株枯焦的枝干上，星星点点的红，似灯笼把山野点亮。女子特别喜欢红梅，也许稀罕的缘故，来拍红梅的都是年轻的女子，她们搔头弄姿，摆着 POS，竭力把自己镶进梅的枝梢，欲与红梅比谁红。

万石是极具诗意的梅花观赏点。花树面积大，铺满整个村庄；观花视野好，有很强的立体感，放眼望去尽收眼底。一进村口，你仿佛来到了北国，眼前银装素裹，从村口漫向山头。梅花覆盖下的一幢幢黑瓦屋，犹如一毡毡黑礼帽，站立在田野，依偎在树旁，古意中透着花开的蓬勃，从谷底向着两边山头铺展。

村庄有条绕村的公路。沿着村口向任意一边出发，都可以圈成心字形。站在心的顶端，俯瞰村落，那一泻而下的白，似白练、似瀑布，气势恢宏，蔚为壮观。村庄有块巨石，辟为观景台，许多游客居高临下，用镜头收揽着万石的美丽。穿插村中的小径诗意万千，若是你早晨到来，你会看到路旁两侧梅花挂着露珠，在光线的折射下晶莹剔透，蜜蜂嗡嗡盘旋，枝丫缀着素洁清香的花朵，把一座座瓦房嵌进画框里，树头边一只只的啄食的鸡，为恰如画卷般的美妙缀上人间色彩。

这个有着"梅村"之称的村庄，像是一株老树，年复一年，以同样的姿势守候于此。谁也不会在意它的年龄，不会计较它的一成不变，来的人，都愿意将自己交付给这里朴素的光阴。

仿佛染过了万石的白云清风，哪怕人生千回百转，再不能抹去这段缘分。那么，在茶凉之前离去，携一剪余温犹存的记忆装进行囊，或折一枝梅花回去，夹在书本里，在某个怀旧的日子，写下万石这一段赏花的旧事。那万石飘香的梅花，童话的世界，将是留给自己一生的片影。

通天达地的驿站

　　自古巫洋两条路，东路从闽侯南屿旗山而进，西路沿葛岭半巷溪而入。无论东、西上山，必沿峡谷蜿蜒而升。沿途山高林密，荆棘丛生，峰回路转，在没有"天眼"的古代，那是一方绝对神秘之地。

　　从东进攀60里，或西入登40里，绵延的山脉，崛起的峰峦，在海拔770米处，似乎领悟到了什么，耸入云天的片刻，彼此突然温情地相拥出一块开阔的谷地。因后有一天然湖（天池），前有平坦如洋的地盘，故称"湖洋"。至于后来改称巫洋，却流传着一个美丽而动人的传说，寄托着拓荒先祖通天达地的心愿。

　　传说也好，心愿也罢，故事还得从拓荒先祖为何落脚巫洋说起。巫洋至今仍是偏僻的小山村，其先祖来自何方，又因何故舍近就远，避水择山，蛰居于原始丛林深处？

　　既然，巫洋的前世今生冗长得一眼望不到头，那么还是将搜寻的目光停驻在两部族谱上吧，因为彼时一截历史刻有"传奇"二字。

　　巫洋林氏族谱有此撰述："富公壮年投笔从戎跟随明太祖经营中原，戡乱有功，扼守福建延平重镇，支援明太祖平定北方，在南京称帝。儿子杞公任清河太守斩伐都元帅，因靖难之变喊冤而亡。后永乐帝悟，追谥'军政'。杞子福缘与弟福禄受父株连，兄弟分家逃避，长居巫洋、次居龙泉观（今闽侯窗厦），三弟福彩至今下落不明。"

　　《文山林氏族谱》记述：宋初，林氏先祖迁至福州石井巷泔液坊，后几经迁徙至榕屿村、水西村。南宋咸淳二年（1266年）间，有十五世祖林杞中丙寅榜进士，官封清河太守，斩伐都元帅，因生性耿直，先后向度宗皇帝上疏七篇直陈时弊。奈度宗昏愚，不纳忠谏，惩以欺君之罪，满门抄家问斩，幸有忠臣急救，才贬配边关。杞子福缘闻讯，为避难连夜携眷背祖牌，逃奔至深山密林的永泰巫峰（巫洋）。始为"巫洋之祖"。

两部族谱，人物一样，朝代不同，是非难辨。然避难于此，当为事实。《永泰县志》记载，境内除张、黄二姓较早入境开疆拓土外，其余族姓多为明永乐二年（1404 年）官府拨军屯田进驻的。从时间节点上看，巫洋林氏亦可属于"屯田军"之列。然，纵观永泰屯田拨军分布，多为交通便利、水草丰美的溪、河岸边，很少选择山高路陡，灌木丛生之地。况且当时地也不缺，唯有避难，远离官府是非，才会择其远而置之。

永泰建县于公元 766 年，张、黄二氏入迁前，境内早有人定居。只因后者来之名门望族，繁衍昌盛，浓墨一笔被其所掩。早于"屯田军"，在境内偏僻之地安居乐业者亦众，如洑口乡紫山村，五代十国，即有十几个姓氏，逃避兵荒马乱，携家带口躲进深山。巫洋与紫山，较其地理特征，同属不同县域的交界处，皆为崇山峻岭、丛林密布、人迹罕至，管辖疏漏之地。而恰是如此劣地，其定居族群早于境内平原、溪、河岸边等。猜测他们是为了逃避战乱、劫匪、株连、追杀，归为"避难客"成为不二的理由。

福缘——巫洋。发黄的纸片用寥寥数语就将两者紧紧粘连，字里行间涂抹着层层的传奇色彩。可是，潺潺的流光里，一家、一村，到头来究竟是谁遇见了谁？谁守候了谁？谁成就了谁？如今，福缘已青衫隐去，留下了他为村命名的故事，亲手建造的西坂桥，以及他不朽的深山湾祖祠传说。祖祠朴素而又威仪，依然沾着他的血汗与符号钉在翠林深处。

福缘披荆斩棘，先是找安身，后是求糊口。面对自己的栖息之地，他满心喜欢。用什么样的村名表达内心的愿望？一连好些日子，他既登高俯瞰，又来回度量，就像端详自己刚出生的婴儿一般，观察着村子的一切，希望往后的日子，村子能像它名字的寓意一样，有着美好的未来。

一夜，福缘鼾声既出，梦见白发老翁飘然而至，陪着他绕着村子，忽高忽低，忽左忽右，指指点点，喃喃自语。福缘似乎什么也听不清，在老翁比画间，"巫"字突然在他脑海闪现，回眸老翁得意的神情，顷刻间，又见他腾云驾雾消失在飘渺的远方。

次日，居住在窗厦的二弟福禄，带着曾经跟随父亲的秀才来看他，福缘说起了昨晚的梦境，秀才一听，大呼一声："神助！神助！"之后他一笔一画诠释着"巫"的含义：巫由"工"和"人"组成，"工"的上下两横分别代表天和地，中间的"丨"，表示能上通天意，下达地旨；加上"人"，就是通达天地，中合人意的意思。其中的"人"，不是孤立的"人"，是复数的"人"，是众人。预示着上承天之护佑，下接地之万物，村子未来必人丁兴旺。从此巫洋的名字，就随着福缘的子孙绵延发达，越叫越响，越传越远。

如此一段有时间、有地点、有起因、有结局的讲诉，要素齐全且富有逻辑，布满细节的回环和斑斓的着色，总归更接地气，所以更深入人心。不过，一串疑问还是像竹筒倒豆子一样滚出：林杞与家眷几人逃往？他与家人居巫洋后从何开头？他们遭逢了怎样的急景凋年？他们的遁入除了避难是否有着意外的惊喜？他们是如何走出困境迈向发祥？这团团云雾是否如同心理学家，无声无色地掌控任何一个人，包括他们？历史往往只有事实，没有真相。当然，时光湍急而过，真相亦可动荡。

为解开疑团，我曾迫不及待地翻开巫峰林氏族谱。族谱记载："福缘公避难至巫洋深山湾，披荆斩棘，畜禽开荒生产，至隆万之间，子孙繁衍巫峰谷地。半耕半读，人才辈出，有西坂桥遗址留念。"巫洋诚如缘公所愿，天地似与它灵气相通，30 多世来，子孙人丁兴旺、新枝挺秀，过着乐隐山居的生活。这里发祥为翠云、立洋、丹宅、下洋、桂院、天台、东坑等 17 个自然村的精神属地。还有枝叶延伸至南屿、龙窟、五溪、鸿尾、樟城，以及福州、杭州、成都、厦门等地。

白云深处，那黄墙黛瓦的村落，安然落在群山之中，那么祥和宁静，不与世争。它从宋时走来，掠过元朝，直抵明清。像一幅定格的水墨画，画中的烟云不会消散，画中的时光不会流转。然而，正是这无尘之处，弥漫着更多的寻常烟火，留存更多质朴的民情，繁衍了像林和城（种植林果致富）、林培桢（清末考"孝廉方正"）、林培英（参加反帝反封建先锋）这样的英杰。

推开巫洋林氏宗祠的大门，天井的上空，不知从哪扯来几片白云，与苍天遥相对接，构成苍穹人世的深邃。金色的余晖在瓦檐上粼粼荡漾，宁谧中香火袅袅，弥散着松脂和杉木的清芬。零距离的踏访触摸，让我真实地感受到，从这里勃发出的一个护佑子孙，通天达地的殷殷情怀。

2017 年 5 月 13 日

永阳流韵

　　文物文物，有文无物则流于浮夸，有物无文则失于涵养，只有文物兼备才具有说服力。作者以文物为窗口，找到了正确的切入点；也正因作者"懂行""识货"，他才在文本中不断涵养了自己对于故土风物的自信与自豪。

踏着文物方可到达的地方

于风光中寻景致，又在人文中找故事，每一次放逐都会让你从年轻走向成熟，从浅薄走向深沉，从浮躁走向淡定。

都说永泰高盖山的名山室奇观纷呈，沉淀深厚，它带着与生俱来的奇秀，和时光流逝留下的奥秘，有着永不凋谢的灵魂。年少时来到这里，在"梅花历乱扑岩扉，鸟道幽深转翠微"中饱赏山水的秀美；过往的人文与故事，因无知而漠然，沉淀成今天的寻觅。

名山室的风景，是一副天然的山水画卷，它悬挂在永泰的"西山"，流淌的水墨诉说着"儒、释、道"三教合一的和谐。这里意境很玄乎，你来的时候，会因它一山融"三教"共生存、同发展的包容所感动，忘乎自己执着的信仰与宗旨，为弥漫周围的谦让与豁达气度心存敬意。

名山室是踏着文物方可到达的地方。不管你心存儒、释、道哪个缘，当你要攀爬上名山室时，一条古道便在你的脚下扭曲延伸。1310个台阶，假如你仅把它认为是曲径通幽的每个阶梯，一定会为自己的无知所惭愧。一路盘旋而上的古道，悬挂在翠竹环抱的风光里，于历史纵深的长廊中，拾捡烟云散落的片段，你会为人的渺小、生的短暂，悟得眼外世界和追求未来的情怀。走过水复又山重，看尽烟雨又落红，行至"登云梯"时，北宋政和二年（1112 年）宋状元许将题刻"石门"二字字迹完好，邀你遁入别有洞天的意境，浮想着仙人护佑许将直上青云的往事。"登云梯"顶部临摹于华山的米芾字体"第一山"，却似无声的警示，此路有着华山陡险的困境。那峻峭的"登云梯"，垂带石上刻写着"宋大中甲子元丰""大斗造阶五级"等字样，留下了当年民众为劈山修道，捐钱献物的各种信息。清晰的文字，仿佛铭刻着民众的虔诚与敬意、意念与追求。难怪考古界泰斗宿白老教授感叹道："名山室古道是全国难寻的北宋古道，单古道就可定为全国文保单位。"走在这条古道上，仿佛进入时光隧道，任由你携带怎样肆意磅礴的思绪而来，只为脚下踩着每一块皆为文物的砖石而心怀忐忑。同时又会滋生一种莫名的感动涌上心头，弥漫在众生心间。

名山室摩崖石刻世之罕见。站在岁月寥廓的岸边，定睛凝眸东室的摩崖石刻，宋代乃至元朝时期的宗教信仰、活跃程度，仿佛瞬间凝固成一幅画卷，展现着当年的盛景。摩崖浮雕有形态各异的人物：有关公看《春秋》、有佛教故事"萨埵那太子舍身饲虎"，太子宣言、"天人赞鹤"和"石佛浮江"。壁画中部上方刻"阿弥陀佛"立于莲花之上，佛着袒右肩袈裟，右手下伸作接引状。沿莲花梗向下，并排列着七比丘，圆首，着交领袈裟、宽袖，拱手而立，此乃全国仅存的"莲社七祖造像"。摩崖石刻人物造像，神态各异，形象生动，有些画像内涵非常丰富。每一位乘风而来的香客，走进洁净的名山室，轻烟起荡的香火，浩然杳渺的梵音，会让你灵光乍现，或许多年来不能参悟的道理，只在刹那间幡然醒透。

摩崖刻字又是一道风景："再三许我前程事，敢不留诗荷圣恩。""今日又蒙师许我，汉庭当沛异常恩。"镌刻着徐真人点化许将、陈旸高中状元故事。徐登一口喷出花林的传说，与千古不灭的石刻相融合，化成名山室纳徒、庇佑的一个个传奇，厚重的文化，后人不断从摩崖中读取。

名山室宋代木构世之奇珍。置身西室，看烟光凝翠，明霞似锦，看雾霭浮云，峰峦坠月，让你临高处不知寒冷，处幻境而不绝虚渺。

在这凹陷的血盆洞内，隐藏着一座小型的祖师殿，殿面阔一间，进深二间，石门槛圆形分瓣瓜棱石柱，柱头用重拱，上出华拱，抬梁式木构架，单檐九脊顶，斗拱规则。构思巧妙、奇特，千年不腐、不烂，不毁、不倾，堪称宋代建筑典范，与福州华林寺、莆田三清殿、罗源陈太尉宫齐名，为福建四处珍贵宋代木构建筑。小佛殿阅尽气象万千，看淡人间世情，悠然地镶嵌在高盖山上，使名山室风景充盈着禅意的芬芳，让无数高僧的故事丰润着，他们用世情超越个人境遇，借佛法普度天下苍生。

名山室男观音石像奇世珍宝。以水的方式流淌的淋雨潭，承接上苍给予的丰盈与充实，见证了它上方观音洞供奉的男身观音演变为女身观音的历程；也见证了两次被盗，历尽劫波的苦难：观音像身首异处，头沿破损，惨遭玷污。盗了又回来，回了又被盗，冥冥中诠释着佛法与邪恶的较量，一次次的离合与悲欢，让菩萨塑身更显珍贵。无论经历怎样的磨难，多少的起落浮沉，最终还是平和地闲对世人的营营功利。他可以让生命如花，也可以视万物归尘。经历的劫难，化为流去不语的时光，让芸芸众生，停留片刻内心的宁静，参透一点佛法，了悟几缕禅心，醒后继续行走天涯。

名山室"桃李熟坠"延续传奇。沿着公路上山，在接近山脚的路边，你会看到一块写着"名山室"三个红色大字的巨石。考古学家究其前世今生，冠以"桃李熟坠"雅称，来注解它矗立于此的缘由。

生命的旅途有太多机遇与惊喜，你从一个地方抵达另一个地方，看尽落花流水，过尽离合悲欢，不问得失，不问因果，冥冥之间，蕴含着某种天意。人是如此，天地亦然。曾是凤立峰下宛如一桃一李，下端融为一体的巨石，堪称名山室一景。1995年1月的一天午后，巨石轰然脱离山体，沿着陡峭的山谷以开天辟地之势，向山底呼啸而去，附近的民众感受明显的震感。说来也怪，就在巨石脱落的下方，血盆洞附近，一女众正在"字纸炉"旁烧香，身上只洒落些许粉石，却安然无恙。山脚下有一民房，飞来的横祸眼看就要把屋子砸平，此时，滚动的巨石仿佛被人操控得精到，在距房屋 30 米左右戛然而止，收停的脚步，恰似悬崖勒马的及时，避免了一场灾难。生活在名山室 30 年的女主持用"天意"诠释了这发生的一切。

都说名山室有"五奇十景"，倾倒参禅、修仙、研读之士。引来古往今来芸芸众生的探究与向往。"奇"在何处？奇为执着的化石、奇为智慧的闪烁、奇为文化的崇尚、奇为历史的传承。在我看来，人们泊云揽色，看的不是简单的"一线天""桂花树"和"三龟岩"……看的是内心空虚寂寥何以填充？是寄托景致，从中体悟淡泊处世、善良真诚，打开心扉扑面而来嵌入你心灵深处的美好愿景！

走近凤凰寺

凤凰寺，一个以珍禽命名的寺庙，注定要留给人们太多的美好想象。

它坐落于山坳，周围青松挺拔，灌木葱茏。俯瞰其形，仿若凤凰嘴上的衔物，因其与凤凰沾上灵气，故名凤凰寺。

寺院背倚青山，院前是连绵的山崖和峡谷，幽僻得让人无论从哪个方位接近它，都必须临近时才能撩纱见容。清幽之境，吹彻寺院的风足可拂去你身上的尘埃，让澄净的心随着空灵的禅意流淌。此时，你可静听涧水清音，心如莲花，坚守这份纯净的美丽。

深山藏古寺，到这里你便会仿佛穿过唐风明月，循着流年经风吹白的朵朵梅花，看一场宋时的烟火，听一曲元朝的梵音，寻一阕明代的背影。

如果说青山是披在凤凰身上的绿衣，那么圣君岩前的飞瀑就是它颈下一道惹人的羽白。走进凤凰寺，山径的微风，溪涧的流水，当你还不曾放下旅程的疲惫，就已悄然侵入心扉，此刻的时光，连风尘都是清澈的。

小小的山坳，一座占地3000多平方米的建筑，几乎占据了空间的一半。寺院的正中是大雄宝殿，东侧是珈蓝殿、焰慧地、阅经楼，西侧由祖师殿、观音殿、念经堂组成，东西厢房与大雄宝殿之间各有一个天井。大雄宝殿穿斗式减柱造木构架，虽少了雕梁画栋的点缀，却反而显得古朴端庄，单檐歇山顶式造型，凸显了它的古典飘逸之美。

寺院建筑讲究禅意之美。从东南方向大门进入寺院，由下埋登临大雄宝座，要跃上五个台阶，然从大雄宝座走廊回眸来时的阶梯，却只可见三阶。据说这是寺院重修时薛姓石匠奇思妙想匠心独运之杰作。寓意朝前走"五子登科"，往后看"三元及第"，祈福乡人能以苦读圣君岩下的状元郎郑侨为榜样，续写传奇，代代出英才。

走近它，你决不只在意香火熏染后凝重如黛的瓦当，也不只叹息一道重门，几扇木窗，掩映的是古人背影。立于寺廊的两块石碑（明万历和清乾隆年间）如果让你觉得厚重，那《三山志》的记载，足以颠覆那混淆是非关于它身世的讹传。

南宋《三山志》记载："凤凰岩院（即凤凰寺），安乐里，开宝六年（973年）置"；明《八闽通志》记载："凤凰岩院五代晋天福六年（941年）建"。时间虽略有差异，却无可撼动凤凰寺已超越千年的史实。

千百年来，凤凰寺历经沧桑，每一次的建与修，毁了立，都融入了不少乡贤义士虔诚的心。万历三年（1575年），鲍元楚偕同鲍思茂、黄元清等众乡绅捐钱募物，李伫献地，除早期起盖的大雄宝殿主体外，扩建了左右殿和楼。由于三洋历代乡绅热心踊跃，献田置产大有人在，直至20世纪五六十年代，凤凰寺田产依然颇多。香火鼎盛时，连毗邻于凤凰寺右前方百米外的尼姑庵也香火袅袅，人气极旺。曾经的尼姑庵，如今芳草萋萋，除了泥土掩埋下的深处瓦砾，其他已无迹可寻。

据记载，凤凰寺还经历了两场大火（万历二十三年和二十五年）。崇祯十四年（1641年）重修，脊梁上有墨书"崇祯辛丑岁二月重修"字样。1967年，"文化大革命"时大量文物遭破坏，所幸殿内尚存明崇祯和清乾隆年间重修碑二方，还能再现当年重修时的情景和历史。

凤凰寺还是个红色的革命据点。解放战争时期，三爱游击队驻扎于此，开展游击战争。2012 年 11 月 9 日被中共福建省委党史研究室授予"闽浙赣人民游击纵队三爱游击队驻地和活动中心旧址"称号。1987 年 7 月被列为永泰县文物保护单位，2001 年 1 月被福建省人民政府列为省级重点文物保护单位。

与凤凰寺相生共荣的还有一个山洞，此洞位于寺的南面 300 米处峡谷边上，在张圣君到此练法之前，当地人称它为水帘洞。

水帘洞上下相连有两个，高约 50 米，宽 30 米，深 20 多米。洞的正上方一泓青碧的岩水从天而降，山风吹过飘飘洒洒，洒成雪花，飘成雨幕，俨如花果山水帘洞的美妙。

水帘洞前方有条常年浸湿的石径与外界相连。平时岩顶飘洒而下的雨帘，严严实实地挡住了人们的去路，但这里的水通人性，只要你虔诚并想进洞，大喊三声"向西、向西、向西"，水就会像驯顺的马驹，朝着西向奔去，如同有一双隐形的巨手，拨帘开路，让人惊奇。临此游客乐此不疲地体验着这般属于神仙法力的美妙。水帘洞呼风唤雨的神奇，是绵延凤凰寺千百年的奇观。

水帘洞又称圣君岩。传说闾山派创始人张圣君，曾经修炼于此，并留下许多美丽传说。其中驱赶山魈鬼传说深入人心。相传张圣君在水帘洞练法，夜间常有山魈鬼捉弄他，因不堪其扰，便施展盘谷练就的捉鬼法术，使鬼无处藏身。又传是郑侨读书于此，夜里常有山魈鬼前来烧烤，弄熄火种，翌日清晨他不得不到寺院取火种，便心生一计，在火炉边布设鞭炮，待山魈搅动火炉时，便自动点燃鞭炮，夜里鞭炮声大作，山鸣谷应，吓得山魈落荒而逃，从此鬼患乃绝。

不知是张圣君的法力的作用，还是受他神仙灵气的濡染，久而久之，水帘洞的前方的峭壁，从侧面而视，俨然一尊巨型人物头像，额头、眼窝、鼻梁、嘴唇、下巴惟妙惟肖。后人说这是张圣君羽化而成的面像，故称圣君岩。

水帘洞也称状元洞。传说宋邑人郑侨苦读于此，乾道五年（1169年）他高中乙丑科状元，并任参知政事，辅佐朝廷，为国家"辅弼大臣"。此后，为纪念邑人荣耀，把状元郎读书处所属的管辖区，改称为"辅弼乡"（今为同安镇）。小小的水帘洞，藏风纳气聚科举辉煌，承上启下谱"三元"篇章（宋乾道1166—1172七年连奎萧国梁、郑侨、黄定三状元）。为永泰抒写了"问天下状元几见蝉联三度"的科举神话。

这里是儒释道和谐共处之地。不管是大雄宝殿的佛祖菩萨，还是练法水帘洞的张圣君，抑或圣君岩下苦读高中状元的郑侨，各自弘扬其道，书写传奇。于传奇处，你会很自然地因他们的和谐而感动。

凤凰寺是收藏灵魂的地方，每一个来过的人，都愿意将年华寄存在这禅意的时光里，纵然是要留下一半的青春作注，也不改初衷。

2016 年 4 月 10 日午夜

紫山烟雨

每座山，都有属于自己的灵魂，无论是草木葱茏还是枯寂荒凉，是供佛的还是耕种的，只要这座山曾经发生的事足以让人牵念一个人，一段记忆，一片风景，人们都会为之停留作注。

紫山，又名"纸山"。据说，从宋代开始，山上山下，房前屋后，竹林成片，竹涛阵阵，这里成了竹的海洋。村民遵循"靠山吃山"的生存之道，背熟山经，以竹产纸，维持生计。到了元、明时期，分布于村落的山涧旮旯，布满了榨浆沥纸的作坊。从山谷到山顶，村庄弥漫着浓浓的竹浆味，成了名副其实的纸村。由于村在山中，人们形象地称此地为"纸山"。

也许是民众忌讳纸的轻薄，担心自己生活的地方会像纸那样轻飘被刮，镇不住村运，有文化的乡绅把它更名为"紫山"。又一说是，某天一位官人路过"纸山"，见山顶紫气上升、紫云环绕，惊呼"紫山、紫山"而得名。杨氏族谱记载："自宋建基于此，名为龙山。""时有紫气腾起，国朝始名紫山。"

不知是巧合，还是冥冥之间有那么一种呼应，此地改名紫山后，并与红色沾上了边。虽然它孕育的红，还红不到紫的境界，但它惨烈的红，经过岁月的涤荡，愈发鲜艳，令人景仰。

沿着大樟溪逆流而上，两岸山脉相依相伴。左高右低的山峦，一路往上游延伸。不时，山峦的连接处，有豁口，是大樟溪大大小小支流的汇入点。似武陵源，穷尽源头处，又是一番新天地。大樟溪沿岸奇景纷呈，引人入胜。就算是深山老林合围的村落，也因一段缘，一

91

份情，一截不能忘却的历史，演绎着时光轮回，把它的名字照亮。

大樟溪流经吉坑，舒展着左岸溪流注入的活力。一个喇叭形的山口循着两座对峙的山峦往里延伸，一条与之平行的道路，先在谷地挺进，不到一里地，就开始顺着山峦的脊背向上攀升。无法算清向上盘了几弯几曲，俯瞰脚下的路，就像一条盘好的带子往下扔去，撒在地上成了"之"字形状。再举头远眺，一座座山峦踩在脚下，"一览众山小"的感觉仿佛就为此而写。流峦霭雾，舒卷有致，拂面而过的雾气，就像一团团女人润肤的蒸汽，让人神清气爽。抬望前行方向，路的两旁有了人活动的痕迹，隐约之间亦可看见一两栋露在树梢之外的瓦房。凭感觉距离村庄不远了。

说"村庄"总觉得有点语不达意，这里没有"庄"的意境。从大樟溪旁 203 省道起点，蜿蜒爬升了 13.8 公里的山路，在山壁区域，见不到稍大的平地。民宅聚居处，除了村中心位置的小山坳，有个接纳人的胸怀，其余的民居就像挂在壁上的一个模具，散落在海拔1000 米左右的大山每个角落。

紫山有人类活动始于五代十国的后唐，距今已有 1000 多年的历史。开山始祖不是现在山上居民最多的杨姓，亦非位居第二的李姓。据记载，最早在此开山拓地的是江氏人家，到了后晋来了毕、石二姓，于后汉乾祐年间李氏第三批迁徙而至。此后的黎、丁、安、叶、曾、齐、潘、王、郑、杨等姓融入紫山便是北宋初期了。至于紫山来过哪些族姓如何变迁，当地流传着这样一首打油诗："一早江柏里，二早毕石伊，第三溪崎李，第四杂姓黎，第五郑家至，第六杨肇基，继绝难预料，兴衰无早迟。"现在紫山仅存李氏和杨氏，杨氏便是北宋社会稳定太平时期迁居于此。

紫山两个现象让人玩味，一是活动痕迹之早，二是太平盛世也为之向往。

据永泰各族谱记载，分布于交通便利，地势平坦的许多乡村，始祖大多源自明永乐二年（1404 年）官府军屯，比紫山迟了 400 年左右。紫山崎岖偏僻，灌木丛生，在道路不通之前，是野兽出没、人烟罕至之地，为何人们趋之若鹜，排除万难，逃离平原、水边，甘心蛰居于此呢？

杨家文化老者良和先生最近在整理族谱中发现，最初来此开疆辟土的各族姓，正值五代十国战火纷飞社会动荡时期，为了躲避战乱，免遭灭族株连厄运，人们宁愿舍弃都市之繁华、田野之肥沃，携家带口遁入山中，过上隐居太平的生活，于是便有了越是偏僻越有人向往的情况。

紫山杨氏始祖杨仪新进山时，已经是 1043 年，当时正值北宋第四位皇帝宋仁宗执政。清朝无名氏写的小说体诗话《东坡诗话》这样形容仁宗盛治："宋朝全盛之时，仁宗天子御极之世。这一代君王，恭己无为，宽仁明圣，四海雍熙，八荒平静，士农乐业，文武忠良。真个是：圣明有道唐虞世，日月无私天地春。"这代表了几百年来"仁宗盛治"在民间世人眼中的地位。

社会已经太平，可人们为什么还钟情于此，这也就是紫山的迷人之处。杨氏族谱云："羡慕于乡村宁静安详的生活。"草草记载，算是回答向往紫山的理由。

紫山是个隐居圣境，是逃离喧嚣享受安宁的理想高处。

从村部沿着山坡小路往山坳走，一丛占地 3 亩多的古树名木，让人遐想。这座小山丘，位于龙山堂的左前方，山丘上有红豆杉 15 株，柳杉 14 株，红木丝楠 9 株。树木郁郁苍苍，充满生机。红豆杉最大的胸径 1.2 米，柳杉最大的胸径 2 米，想必与龙山堂同样久远。凝望一棵棵挺拔的树木，一幅杨氏族人带领儿孙挖坑、培土、浇水、植树，以及后代子孙为呵护这片视为"风水林"的树木，开会商讨，制定村规民约的画面，仿佛穿越时空，定格在眼前。山丘下方有越王庙，供奉着闽越王。袅袅升腾的香火，似乎寄托着某种愿望，祈祷乡村族人安居乐业，祥和安康。

穿过古木树林，向着右前方望去，一座修葺如旧，但明显带着现代人思维的乌瓦粉墙，赫然出现在眼前，那就是杨氏的祖厝龙山堂，也是闽赣省委旧址。

中央红军长征后，1934 年 12 月下旬，钟循仁接任中共闽赣省委书记职务，并坚持在清流、宁化、明溪之间辗转进行游击斗争。1935 年 4 月，队伍遭到敌人伏击后被打散了。经过一番努力，整编后的红军辗转来到了紫山，把闽赣省委工作团指挥机构设在紫山，继续开展闽中游击战争。之后由于军区司令员宋清泉带领部队叛变投敌，山上省委工作团二三十人，被仙游县民团武装包围。混战中，只有钟循仁、杨道明、陈常青等 7 人在紫山、吉坑群众的掩护下才得以突围。

随省委机关南下的红军女战士俞玉兰与省委工作团失联后，继续在紫山开展革命斗争，直到革命胜利。后来，她留在了紫山，与当地人结婚，前几年才去世。

紫山因此变成红色的山，红得惨烈，红得传统。1942 年至 1949 年间，闽中游击队继续隐蔽在紫山一带开展革命活动。紫山群众为游击队转运物资、粮食，并帮助引路、望风和报信，使他们顺利战斗，安全转移。在此期间，为革命而牺牲的烈士有杨信铨、杨银树、杨起梅、杨铨庭、杨文隆等。

时光是这般的澄澈如流，滔滔不止；风物是这般的欣然葱茏，生生不息。眺望紫山顶，恍若一顶镶嵌在天地间的冠冕，如莲姿态，似佛性灵，穿透山里历史的烟云，直抵灵魂深处。看着寥廓长空、万古河山，你会深刻明白，人生是一种取舍，想要拥有时间纯然如水的宁静，就要舍弃红尘五味杂陈的烟火。

追逐云海，也许是感受一番痛快淋漓的意象。紫山的雾，风情万种，有云雾、雨雾、风雾、大溪雾、山腰雾、山头雾和雾海等。恍惚间，那波浪翻涌的云海将漫漫河山掩映得无影无踪，人间万事也随之扑朔迷离。层云叠影，好似大千如来幻境，隐现在云海里的千岩万壑，让陡峭崎岖的壁上村庄，如同一马平川，宽阔无垠；那填满山涧，只露山尖的雾，将你从天坑地缝带向另一个天庭；千百年来，为什么有那么多人，甘愿舍弃繁华，耐住荒凉，他们也许并不想成佛成仙，只是禁不住雪浪云涛的诱惑，便决绝飞渡云海迷境。

　　紫山是风情的、是迷离的。紫山有风雨中的惨淡，有雨后晴朗的喜悦。紫山烟雨洗尽铅华，让人懂得，有一种万象叫苍茫，有一种佛法叫无边。

2016 年 4 月 24 日

赤壁光阴

从喧嚣中走来，在青山绿水中，邂逅一场美丽的神话。抵达永泰葛岭赤壁，浮想着三国时古战场，火烧赤壁的场面。穿越草船，撩开硝烟，回到眼前，找寻着这里"赤壁"洒落的一路厚重与传奇。

来过赤壁的人，一定好奇这里的地名。你只有读懂溪边摩崖石刻"赤壁"二字，才会慢慢撕开一个包袱，牵出一段传奇。古永泰锁在深山，人货进出靠水运。在悠长的大樟溪上，全程有169处滩濑，其中35处为险滩孽濑，赤壁濑算是险中之险，船经此濑时，船夫个个提心吊胆。传说，这里时有水妖兴风作浪，阴风刮来，涛高浪急，遇此，上行的船只，再多的纤夫也无法拉动。一天，船夫得仙人托梦指点：要请大师在附近悬崖峭壁上题字，才能镇住水怪。于是请了王翰题写"赤壁"二字，镌刻在水濑的悬崖上，从此水妖不再作怪。

王翰字用文，安徽庐州人。翰五岁丧母，聪颖好学，16岁开始当官，入闽后短短七年，从福州治中，数次升职官至福建行省参知政事（二品），政声卓著，名声显赫，威震一方。元室灭亡后，翰决心不事二主，携妻与第三子王偁隐居永泰塘前乡官烈村。

"赤壁"二字，虽历经光阴涤荡，却依然遒劲立于崖上。但凡游人路过，总要驻足瞻仰，体悟山水风化与人文糅合而流泻的"逝者如斯"的况味。在"赤壁"二字的左侧，书刻着清朝福州太守李拨的"中流砥柱"，以及知县王纲书刻的"峥嵘江表"四字。赤壁濑从此热闹成了官员察民情、解民忧，表心迹的地方，久而久之，附近的村庄以及后来开辟的景区，皆以赤壁为名。这里的赤壁，因故事之悠长、山水之奇绝，让它与三国故事里的赤壁，一样"火"了起来。

辞别摩崖石刻"赤壁"的遒劲，去寻找传说中的赤壁潭。据《永泰县志》记载："赤壁潭，在六都，赤壁之下。潭旁有龙爪树。谶云：'龙爪花红，状元西东。'"

"赤壁"之下？莫非就是赤壁濑的水潭？光阴是灵动的，只需乘一缕飘逸的清风，便可以穿越山嶂沟壑，寻遍景区内大大小小的水潭，没有更吻合的描写。再翻阅资料，古往今来，许多人也认为，赤壁潭就在"赤壁"石刻下。龙爪树也叫鹅鹅掌楸，中药材名，但"龙""鹅"二字，兼具"鱼跳龙门"的隐喻。故事的精彩，纯属于巧合吗，一语中谶也就这样诞生，南宋乾道年间永泰东西百里内，居然七年连出萧国梁、郑侨、黄定三状元。从此，潭旁的龙爪树成了征兆树，乡人倍加呵护。

赤壁潭还有"神龙见首不见尾"的美好传说。是否预示着状元的出现只是开头，必将永续不断？在三状元之后，永泰又出了柯熙、江伯虎、张景忠、黄东叔四位武状元。小小的赤壁潭书写着永泰传奇，从褶皱的涟漪中，裹着往事荡漾着憧憬与美好。

赤壁景区的景点，主要分布在峡谷的两侧。循着山谷深入，各种象形映入眼帘："巨牛入水""母猪过溪""猕猴迎宾""鲤鱼吐珠""海豚戏水""象娃交汇""金龟渡河"，千姿百态，活灵活现。在众多鬼斧神工的象形景致中，生命之根，最为惊叹，散布山野中的 7 根，仰天而立，惟妙惟肖，招惹仙女下凡，演绎动人传说。

这里植被茂密，是野生动物的乐园。《永泰县志》记载，赤壁山中"毛"类动物有虎、豹、射、狼、猿、猴、类、理、刺猬、豪猪等百多种。不远处的峡谷断崖上，有个叫虎岩壁的地方，一位八九十岁的老人，讲述了年轻时见过的老虎。

赤壁景区方圆 23 平方公里，山奇水秀，诗情画意。沿栈道而上，右侧巉岩陡壁，左侧溪水潺潺，栈道防腐木铺设，透过缝隙，脚下潭碧水深，清澈见底。谷涧潭瀑相连，大小瀑布纷纷扬扬，似天河挂空、似珍珠洒落，鲜活了整个山谷。其中赤壁瀑布最为壮观，瀑出绝壁危崖，落差80多米，远远望去，乳白色的瀑布像一团团浓烟下坠，又像是谁把天上的千万朵棉花往下掀，激石成潭，潭碧水绿。在这里，无论是瀑布的壮美，还是珍珠般的细腻，他们都沉醉在自己流泻的表达里。仿佛要倾尽所有的热情，将岁月征服；飞扬的姿态，似舞动的剑花，可以粉碎世间一切的华丽；又似抚琴的雅客拨动的琴弦，可以穿透世间万千的迷像。

沿着山峰往上攀爬，途经所见，呈现着变幻的风景。用目光捕捉千姿百态的美丽，栩栩如生的各种形状，碾压我们的心灵。爬到山脊处，右侧的山脉似乎做了一个停止的手势，五指并拢向着前方，凝固成五指峰的奇特。

景区的路径随山逶迤，崖穿栈道，道隐林中，每穿过一丛密林，或拐过一道弯，迎来的又是一个惊喜。如果说五指峰令人震撼，背山而下的古梯田，又让人神迷。梯田写满了光阴的痕迹，一棵棵大小不一的树径，仿佛一张张无言的告示：这里荒了几个世纪。说不清它的年代，也道不尽它的底细，只有层叠而上，依山铺展的几十亩田地，留下整齐划一的石子磅岸，才真实地提醒后人，梯田的存在，是个值得探究的谜。

赤壁是戏水的天堂。夏日，你可体验漂流，光滑的岩石水道，穿越沟谷，收揽一路相随的美景。4.5公里漂程，3.5小时的光阴，让你体验夏的清凉，水的魅力。沿途水缓水急，划舟冲濑，五颜六色的橡皮舟，舞动青山，书写赤壁漂流的惊险与刺激。

温泉泡澡四季皆宜。澡池独特新颖，列皇宫澡器之精粹，享皇室沐浴之贵尊。浸在温润的暖流里，沐着和煦的阳光，听山风送来凉爽的消息。没有车水马龙的喧嚣，没有俗世凡尘的纷扰，没有钢筋丛林的冷酷，没有浮华都市的虚伪。路遇盛开的桃花，仿佛遁入避秦乱的桃园胜境。

这里既不是陶渊明"悠然见南山"的田园居所，也不是王维"王孙自可留"的秋暝山居，更不是康熙皇帝在长城塞外围起的避暑山庄。让你想不到的是，这样的自然美景、这样的怡然享受、这样的悠然心情，竟然全都蕴藏在现代文明与自然融合的永泰赤壁里。

《六祖坛经》云："一切众生，一切草木，有情无情，悉皆蒙润，百川众流，却入大海，合为一体。"光阴还是那样，有增无减，草木依旧长青。赤壁那封存在岁月里的窖酿，已逐渐开启，让我们择机品尝于风清月朗的日子里。

2020 年 2 月 6 日

天池连天草为梯

是听到清风呼唤，还是看到白云招手，就这样我与天池有了亲密接触。此刻，内心不只是震撼，更有一种"山高水更高"的不解和冥思。汩汩上涌的泉水，在湖面漾成一道道涟漪，在夕阳的映衬下，湖面沉醉成湛蓝的深邃，不禁感叹自然的风韵，人生大美。

云顶天池位于青云山主峰，是千万年前火山喷发口积水而成。湖面面积 39960 平方米，海拔 1087 米，是福建省海拔最高的火山口湖泊。

天池终年不涸。它四季玩转着风情与灵动，与其邂逅的游客，面对山巅一股来自地心的涌动，不能不信，生命会因一面湖水而澄澈，人生会因一片草甸而新奇，心灵会因一帘瀑布而感动。

天池深沉而纯净。它甘愿舍弃繁华，默默地珍存在这样遥远的地方。远离尘嚣，不是为了隐藏自己的美丽，也不是惧怕世人的惊扰，只是安静地端坐在山巅，展示着汩汩不息的生命脉象，涌动着链接千万年前来自地心的魅力。披上碧绿柔软的外裳，留给大自然最原始而纯净的美丽。

当年的山民，因天池的存在，坚定了安家的信心。山脚下梯田连天，除了依靠天水维持农耕外，枯水季节，这池高悬的水，就是他们救命的甘露。在春暖花开的季节，许多时候，你会遇见寻到池边觅水止渴、嬉水防暑的黄牛。见此，甭管是谁，心里都会萌生一份柔情的感动。高高的山巅，一池山水养育了云顶大地万物，也哺育了周围的芸芸众生。

顺着池边往山坡走，出自湖底经过千百度炽热炼成的火山石，经历万千年湖底沉寂的修炼，生命以一种独特的成色和纹路，展现成向上攀登的脚印，逶迤于湖边草甸、山峦峰尖。

站在踮脚可及白云的高处，从湖边闪射而来的石径，如同一缕连接心脏的血脉，流淌着无限的魅力。

草甸柔软青碧，展现在山高人为峰的视野里。斜阳下的火山石，格外醒目，触目的瞬间，感受温度，那是沉淀千万年的体温，化为待客的热情。极目远眺山峦碧野，回眸的刹那，那弯曲的石板小径，铺成了云顶的脊梁，挺起了腰杆，写成自信。微风吹过，蜿蜒的石板轨迹，与草甸连成一片，仿佛成了通天的梯子，那曼妙的形态，飘舞成哈达轻柔，为云顶重生献上最虔诚的祝福。

漫步于草甸上，斜阳常常会泼染出一幅绚丽壮美的画卷。晚风吹拂，你若置身其间，一种穿越时空的邂逅，会惹得你如痴如醉，如梦如醒。凝神湖面荡漾的碧波，那幽深的蓝，让人将一颗染了风尘的心沉落进去，又洁净无尘地打捞出来。

来到天池，追逐的不是诗情画意，而是一种朴实的民俗风情。淳朴的山民，赶着成群的牛羊，飘动如云的身影，游走在极目畅怀的草甸，不经意间，你还以为置身于北国的风光。

来到云顶，"一览众山小"会成为最直观意象，冲击着脑部神经。在这里，雾在山脚涌，云在身旁飘。有时你收拾的是雾海绵延的壮阔，有时你目击的是蓝天白云的惬意。泊云揽色，远离尘嚣，超凡脱俗，宽阔的心胸会因这般风景，净化了灵魂，并不断在你体内滋生蔓延！

这是心灵的原乡。穿过城市的长廊，穿过迢遥的山水，是为了寻找一片水和草相交融的清净。如果你来得巧，在四月末、五月初，杜鹃花开放的季节，漫山遍野的花儿，好似高粱地"九儿"的热烈，让你炫目、让你陶醉、让你追随。这时，如果你站在望景台上，架起相机，透过漫山遍野的红，闪动的快门，会收揽进更加磅礴的大地，和鲜花簇拥的村庄。在这里，你可以忘却烦恼，在这里你亦可憧憬未来，因为前方始终广阔无垠。

停住追寻的脚步，深情地呼吸一下包含负氧离子的空气，凝视脚下草皮的葱绿，还有一池永不干涸的湖水的蓝，所有与它有缘的过客，只要用一颗明净豁达的心，就会将云顶的风光装载、超凡脱俗收藏。

挂在峡谷里的珠链

倘若天池是云顶的明眸，那么冰川世纪时期形成的悬崖就是其胸膛上的肌肉；垂挂胸前的一道道瀑布，却像披在其身上飘逸的绸带；殷红光滑的岩石形成溪谷滩地，又仿佛直上青云的脚板。穿过丛林，缠绕于悬崖边的栈道，把瀑布、水潭、河谷串成了珠链，隐于深山，诱人探幽。

走过水复山重的风景，有一段烟尘之路，通向瀑布连着悬崖和峡谷的景区。峡谷外视野开阔，山际明朗，峡谷内悬崖峭壁，栈道奇绝。峡谷的起点，犹如臂弯环抱一面湖水的地方，是层叠瀑布的源头。顺着山势往下走，堪称海西一绝的七条造型各异的流泉飞瀑，在全长 1.8 公里的山崖上精彩纷呈，各展身姿，最为壮观的金钟大瀑布，落差 108 米。仰望飞瀑与青山白云相偎，"疑是银河落九天"在这里变得如此具象，不再是幻觉与比喻。观壁上流水飞瀑，听幽潭声浪连天，吸高负氧离子于喧嚣处，顿觉清心安神。佛家所言"108 种人世尘埃"，随着沿途彩虹瀑布的华丽、五曲瀑布的曲折、山神瀑布的伟岸、神书瀑布的奇秀、知音瀑布的雅趣、一柱擎天瀑布的壮观、双姝瀑布的温情，仿佛把尘世的烦恼与杂念，涤荡清除。这荡气回肠的天然别境，给历险的行途，带来了丰盈壮阔的思想。

贴着崖壁亦步亦趋向谷底降落。悬空的栈道藏在树梢后，倚栏看瀑，飞花溅雪时隐时现，绿里透着鲜活的白，把峡谷缀得似白练飘舞、莲花绽放。可惜不才，无法像李白那样感叹"初惊河汉落，半洒云天里"，像徐凝"虚空落泉千仞直，雷奔入江不暂息"的感慨，像冯云山"穿天透地不辞劳，到底方知出处高"的嗟叹。古往今来，多少文人墨客以瀑布发大地之幽情，我只好行在峡中做一名"瀑布风前千尺影"的看客，期待着孟浩然"瀑水喷成虹"在山间架起斑斓的桥。

两条峡谷的汇合处，树林深处一座若隐若现的建筑，把住了两溪交汇点。走近一看，"云顶峡谷驿站"赫然入目，看清牌子，方知是游客的补给站，在深山峡谷，能有如此设施确实倍感温馨。站在门口，眺望逶迤在悬崖上的栈道，不禁感慨大千世界自然万象的神奇，更叹服人类巧夺天工的智慧。

跳跃的时光，打开了山涧沟谷封存的底蕴，释放出万古风华，让闯入的行者在狭窄的空间里，感受壁立千仞所珍藏的奇妙，纵然脚下时而悬空、耳边时而轰鸣、谷底时而死寂，一段充满历险的旅程，依然可让许多人，愿意从清朗的天地走近这通幽的曲径。这一切，都是为了给人生留下更加壮美的想象。

野人山寨深藏在红河谷中：木质怪屋、悬挂在寨口的兽头骨架、诡异神秘的远古图腾及咧嘴怪笑的木刻雕像，置身其中，仿若跌入另一个迷梦空间，深锁在这梦幻迷醉的深山老林之中。在这里，你尽可穿越时光，把光阴滞留在原始，聆听人类进化的悠长故事，亦可收回思绪，领略野蛮变文明的漫漫旅程。

穿行于险绝无比的栈道，灵逸的清风恍如从远古飘来，悄悄拉开你的行囊，拂动你的衣裳。滔滔不息的溪水，沿着两岸山势流泻下切。冰川世纪形成的山崖，顺着山谷逶迤而去，雄浑苍茫，慑人心魄。壁上栈道，悬挂得让人心惊肉跳，走在其间，脚心酥麻，"奇、绝、险"的环境揪紧你的神经，驱赶你的疲倦和睡意。

溪水像刚放出栏的斗牛，拦也拦不住，一路狂奔而去。岩浆流切成的河床，千万年的流水打磨，底板变得光滑流畅，这里是夏季漂流的最佳去处，挑战惊险，娱乐人生，峡谷漂流是你玩了还想继续的山野嬉戏。

潭水碧绿澄澈，串成翡翠，铺展于深山峡谷间。水潭奇妙，如造物主的鬼斧神工，将它雕琢得精美绝伦，依次排列，神奇与传说在这里演绎，不断缔造着人们追梦圆梦的情怀。

随着栈道延伸，河床愈加开阔、光洁平坦，霞红的颜色，仿佛一块偌大的地毯铺设于青山绿水间。醉美的晚霞，洒落在红河谷上，让流连于此的红男绿女，陶醉得风情万种。瀑布、悬崖、峡谷形成特色各异的景致，被蜿蜒其间的十里栈道琢成玉，串成珠，形成一串光阴里的珠链，璀璨在岁月深处。

缆车是峡谷通往云顶的捷径，峡谷栈道在下站的缆车点打了个结，多数游客到这里选择乘缆车上山。1公里多的缆车索道，三四百米落差，一头牵着峡谷，一头挽住山尖，上下100多个车厢，在铺满绿的山谷上空晃荡，光线的折射，五颜六色的箱体，变换着万花筒般的绚丽，把寂静的山谷点缀成诗的意蕴。

缆车越往上走，山势的陡峭愈发凸显。俯瞰峡谷，自己好像一朵飘浮的云。仰望徐徐显露的云顶主峰，我又被海拔1087米的高山草甸吸引，神往着在那里泊云揽色、放纵心灵。

云海花梯

通往云顶的公路蜿蜒险峻，摄人心魄，被称为"天路"。山脚至山顶连续 7 公里的爬升，一边靠山，一边临崖，崖外开阔，放眼远眺，有层峦叠嶂的苍茫，也有壁立千仞的奇伟，每每泊车驻足，恍若置身仙境。

若恰逢雨后放晴，追逐云海的惬意，会让你仿佛追逐一段无由的前生，只随意念，不问因果。那波浪翻涌的云海，将连绵起伏的群山掩藏得隐凸有致，扑朔迷离。云海苍茫，铺陈着无边无涯的意象，缥缈时如蓬莱仙境，明净时若秋水长风，翻卷时似万马奔腾，寥廓时若碧海青天。

被白雾笼罩的凝眸双峰、状元晒靴、青云柴郎，时隐时现，无须看清它们的容颜，却能感受它们的魅力。它们融鬼斧神工之惊奇，穿越时空之美妙，让兀自独立千年的凝眸峰，幻化成不朽的爱情礼赞；倒挂曝晒的靴子，矗立成开启永阳连奎三状元的丰碑；那头裹纱巾，目光如炬，惟妙惟肖的柴郎化身，不正是云山儿郎勇敢勤劳的素描？它们穿透云雾的迷离，将你从云烟聚散中唤醒，又跌入另一段"水火传奇"的映像中。

层云叠影，恰如大千如来幻境，那隐现在云海的千岩万壑，犹如佛陀的须弥禅座，浩瀚佛法，宽阔无垠。只有当你登临这绝秀的云顶之巅，看尽云烟万状才会明白，为什么"中国云顶"一经推出，会有那么多游客如同逐法成仙的虔诚，星程不顾，纷至沓来，不为别的，只是禁不起雪浪云涛的诱惑，便决绝飞渡云海迷境。

静候佛光，有如静候人生一段最粲然的奇迹。在云顶之巅，当阳光与云雾交集时，常出现七色瑰丽的佛光。佛经上说，佛光是释迦牟尼眉宇间绽放出的光芒，宛如一朵金莲，圣洁无私地普照乾坤万里。无须约定，终会相逢。即便如此稀罕，登临云顶的游客，总不失时机地捕捉着透过斑驳的阳光和迷离的烟雾，看到七色佛光，璀璨斑斓，又虚明如镜。妙不可言的光影，人人都希望投射在自己身上，形随影动，承接性灵。置身于旖旎的画卷中，沉浸在光影追逐的意象里，忘乎所以，陶醉不已。

云顶景区从门楼开始。门楼为廊桥风格，黛瓦粉墙，古色古香，与周围的环境和谐交融，相映成趣。

穿过检票口，一弯梯田豁然眼前，这里收藏着春夏秋三季的花香。层层叠叠不同颜色的虞美人、金盏菊、波斯菊、硫华菊、蛇目菊、百日草、屈曲花等近百种鲜花竞相绽放、争奇斗艳。花海一层紧扣一层从山脚盘旋而上，一直延伸到白云飘荡的山顶，将漫山遍野装点得娇艳明媚。置身其间，俯首闻百香，侧耳听花语，近观人如潮，放眼山如画；梯田周围古厝错落，古木参天，棕榈环抱，一幅美不胜收的水墨画卷徐徐铺展，立体展示了远离尘嚣人间净土的唯美。这里保留着大片高山生态原始风貌。除了三季赏花揽色，极尽视觉美感外，冬季的萧条，会因周围古林木、古祠堂和古村落散发的独特韵味，平添几分意外的收获。徜徉其中，风紧一阵慢一阵地抚着你的脸，若能听懂风语，来自明清的过往，以至更早的传说，周遭一切古的元素，会溢出时代沧桑，在悄无声息的浸染中，被你诠释入怀。

梯田顶端是千年的红豆杉林，布满相思果，红男绿女走进这充满遐想的天地，触景生情吟唱："红豆生南国，春来发几枝。愿君多采撷，此物最相思。"或两眼对望："玲珑骰子安红豆，入骨相思知不知。"一片红豆林，引发相思泪，直到他们情不自禁大喊"红豆不堪看，满眼相思泪"，表达各自最深沉的爱恋。此地，也许还缺少些流连漫步的景致，但怀春的少男少女，总喜欢借口捡拾红豆，踏进这片宛如伊甸园的净地，寻找属于他们妙龄的憧憬。

在这里，还有一处可以收藏灵魂的地方，就是看起来很不起眼的古祠堂。在依山的一隅平地，一座老屋不大，甚至有点破败，岁月的老墙承载着斑驳的记忆，流年的时光将它们一片片剥落，收集着光阴里遗落的一道道往事，收集着古往今来云水的漂泊。通往祠堂薄薄的石板路上，一些人的脚步悄悄走近，一些人的脚步已悄悄走远，只有无言的时光停留在这，让盘在屋檐上的蜘蛛网，网住从老屋走出的记忆。

花海的底部有个村落，村落小到只有几栋紧挨的老屋。岁月烟尘的浸染，屋子的上下从黑到褐，流淌成一片古意。很想知道他们的过往，村里人把我看作天外来客，总是畏畏缩缩，问不出所以然。而苍老的村落，不改最初模样，守望着花海那片梯田，几畦菜地，几口古井，几间老屋，几缕炊烟，日出而作，日落而息，代代相承，像一本墨迹风干千年的老书，供后人翻读。

梯田藏不住花开的鲜艳，只是四季里的一道风情，无论你我走过几程山水，它无声无息。向天边伸展的田野，垒出梯状，把花海展成挂图，让拓荒以梯形的震撼写于大地。

云山圣境与日月同辉。

庄里寨外

　　写作贵在常识的积累和内涵的拓
展。作者不仅重视古建形制的研学，还
深入对氏族迁徙的严谨考据，对于宗
教、民俗、农桑、礼仪、家风等诸多领
域的好奇和探究，奠定了其文精神提炼
凸显的基础。质胜文则野，文胜质则
史，因为有了这些常识性文字的参与，
文章自然流露出"文质彬彬"的"君
子"气度。

女绅文化爱荆庄

无论是来过爱荆庄，还是不曾来过的人，都会觉得，一座寨堡因念妻之功，爱妻之甚，彰其之惠，授之以名，想必女主人乃卓而不群之辈。

爱荆庄位于永泰县同安镇洋尾村，建于道光十二年（1832年），内有土木结构房屋360间，建筑面积5200平方米。共分三落，进门为廊屋、天井，正座建于高台上，面阔五间，进深七柱，前廊后堂，穿斗式结构，悬山顶；主座与左右边座之间均用马鞍式山墙阻隔，前后廊又设侧门相通。寨的后部建有一排单层平房，寨墙四周建有走马道，寨堡下面建有地窖，寨内辟有菜地。整座寨堡依山而建，拾级抬起，居高临下，视野开阔，舒适怡人。建寨的主人叫作鲍美祚，故名美祚寨，后因外墙砌石远看似米粒，人们俗称"米石寨"。

爱荆庄诗意古老，朴素宁静，它不曾例外地被人遗忘，如今又被人追寻。

在"男尊女卑""三纲五常"的封建社会，为何它却敢冒礼教之不韪，把女人的权威刻在寨门，以示天下？它留下的历史痕迹，对现实意义何在？对此，中国城市科学研究会首席专家鲍世行先生认为："爱荆庄是封建社会尊重女性的建筑典范，单就这点就是全国唯一。"文化学者鲍国忠考究后这样评价："它是中国南方民居防御建筑的奇葩，农耕社会家族聚落生存的记忆，古代村落女绅文化载体的孤本。"

岁月的老墙承载着斑驳的记忆，时光将它们一片片剥落。就是这些落下的记忆，收集着古往今来寨堡风韵传奇。曲折延伸的廊道石板上，一些人的脚步悄悄走近，一些人的脚步已经匆匆走远，只有无言的时光记录着这里发生的一切。

鲍美祚于乾隆乙未年（1775年）七月三十日，降生于三洋牛栏涧（现洋中小学旁）普通人家。成人后，经媒妁之言，与芭蕉村李氏结为伉俪。李氏身材匀称，面容姣好，口齿伶俐，能说会道，是十里八乡出了名的女能人。美祚为人忠厚，少言寡语，与人交往，宁亏不争，是个地道的老实巴交之人，性格与李氏恰恰相反。在古代，男女双方婚前互不相识，但揭开红盖头后，自己的男人俊也好、丑也罢，迫于传统礼教和婚姻观念，只好认命自己的姻缘。遇此男人，李氏不是一见钟情，甚至还嫌他有点迂讷，过门后，操持家务，定夺家事的大权就落到了李氏手上。

退居幕后的鲍美祚，绝非是忧伤，被李氏温润打湿的他，更多的却为爱妻精明、善良、柔软所感动。每个人都藏有细腻而美好的情怀，在烟火的凡尘，一些人只为蝇头小利，却把贪的本性不加掩饰地流露，是李氏，让善良抒写美好，并且在趋利忘义的尘世中，可以拥有这么三次忘乎所以的财富。因此"三桶金"的故事至今流传。

李氏勤劳、善良、福报。她是十里八乡出了名的养母猪能手，养猪发家，养猪福报，一个个美丽感人的故事，代代颂扬。养了一圈的母猪，到了产仔的时候，该产的产了，但有一只几年不生，人家劝她把它作为肉猪宰杀算了，可李氏始终不允，在她看来，因为不生仔把它宰了不仁不义。不久后，这只母猪产仔了，一生便是13只，比正常多了3只。有一天母猪领着仔猪在菜园地掏食，淘气的仔猪狂蹦乱跑，遍布菜园和周边的山野。夜幕降临，当主人急着找寻猪群归圈时，发现有只仔猪在一个废弃的墓穴里拱土不出，主人只好躬身进穴，就在此时，意外的惊喜出现了，随着一声瓷器的撞击声，拱土之处闪过一道亮光，莫非鬼魂现身，主人吓出一身冷汗，恍惚间，定睛一看，那金灿灿的东西可是一瓮黄金！这便是发家的"第一桶金"。

永泰有句俚语"老实人吃老实饭"。美祚因憨厚诚实，不断演绎着获取第二、第三桶金的故事——

知县为了物色一个老实尽责的西山片区三洋粮仓管理员，众多乡人推荐他。几年下来，粮仓安全，从未短斤少两，其严谨尽责为知县所赞赏。

几番巡查，美祚夫人李氏与知县有了接触。能说会道的绝佳口才，不管是什么事，经过她上下嘴唇闭合蹦出，总是那么悦耳动听，入情入理。李氏的才情深深地打动了知县，为褒奖他们，便特召李氏夫妇进城从事衙门差事。

据邑人口传，在知县召美祚进城之前，便把粮仓留存的一百多担粮食予以签字清仓，如此之举，实际上是知县犒赏美祚而为之。这是流传甚广的"第二桶金"的故事。

李氏夫妇在衙门后勤当差。由于信任，他们亲密无间，与知县接触的机会越来越多，从衣食住行，到内外勤务，李氏夫妇成了知县的心腹。

后来，知县被朝廷调回老家安徽，临行前，嘱咐美祚次日挑行囊至太原码头送行。美祚依嘱行事，按照规定时辰在码头等候，结果，从清晨等到天黑，始终未见知县身影，无奈之下，他只好打道回府。在焦虑与彷徨时，有人转给他一封知县所书信件，读后方知，错时不遇，是有意安排，行囊财宝乃告辞别离赏赐。至此，李氏夫妇发家史上再添一桶沉甸甸的金银珠宝。

"三桶金"所得各有各的渊源和必然，但剥开其中缠绕着千丝万缕的因果关系，我们不难看到凝聚着李氏勤劳和智慧的光芒。为中兴家道，她极尽女人之本事，选择与农业社会息息相关的养殖业入手，打开赚钱门道；在缺钱无本的年头，李氏因诚实守信，玩转资本与经营关系，玩活副业与财路门道，"诚信"让她声名远扬。据第七世裔孙鲍道文介绍，其先祖母出嫁时，娘家陪嫁一副银腰带和镶珠宝的围裙，每当经营缺钱时，她总是把这值钱的陪嫁物予以典当，但她非常守信，常常会在约定的时间，甚至提前赎回，若提前还本，同样按约定日期付息。长此以往，深得当铺老板信赖。后来，老板每每见李氏上门，不管有无典当物，总是优先安排所需钱额。

李氏的功劳，不仅是在生财致富方面，而她重视耕读文化，注重儒学教育、女童教育的突出表现，更是十里八乡女性的典范。

李氏认为"富贵必从勤苦得，男儿须读五车书"。他们生有五男，第三男新光入太学，24 岁入邑庠，因此，建寨时就在寨内设书斋楼，办书塾兴学，请名师授课。值得一提的是，她还特别重视女童教育。书斋楼白天教男生，晚上教女生，女生中有的是收养的弃婴，在教育过程中，若发现天资聪颖，她就留下来做儿媳，否则，就当作养女出嫁。因此，这个书斋楼，后人又称媳妇斋，至今还保留当年书斋的模样。

同时，她还制定激励机制，鼓励子孙好学上进。据家谱记载：五房子孙，不论文武，能入泮（考取秀才）当收七年（指收田租），补廪出贡者，俱各当收三年，中举者当收八年，中副榜者，当收五年，中进士当收九年，捐监者当收五年，捐贡者当收八年，捐职者当收三年，监转贡者亦三年，再高者，照凭等级当收毋庸备载。国课毋得挨欠。1852 年美祚 78 岁时，共有男孙 18 人，其中宜朴武庠生，宜楫邑庠生，宜榕国学生，宜梓岁贡生，宜材国学生，五位孙子入学入泮。他们讲求"耕读为本，诗礼传家"的风尚，在当时名噪一方。

爱荆庄在治家、和睦、人气积聚等方面也充满了传奇色彩。李氏夫人讲求公平治家，公道待人。在众多子孙面前，为了做到不偏不倚，大到"分家财产抓阄"，小到"年节头顶分肉"，所有物产按份划分，其中好坏，只凭运气。因此李氏在家庭享有至高无上的威望。没有哪个儿媳子孙不佩服她的智慧和公正。据家谱记载，爱荆庄五世同堂，人丁发展到了 100 多口，到了咸丰五年，才开始分家，繁衍至今共有 600 多人。

爱荆庄的后人，至今还保存着当年分家的阄书，其文字内容在岁月风尘中已变得模糊。然而，透过时光斑驳的旧迹，却依然看到李氏公道，不偏不倚的治家理念，其智慧被传颂，其魅力被镌刻在门楣上。两百年来，许多从爱荆庄走出的子孙，感念于先祖的善良、诚信、勤劳、公正、持家的美德，他们渴望所有被淡漠的治家理念，能在爱荆庄洒满的烟霞中找回。

2015 年 5 月 17 日深夜初稿

2020 年 2 月 21 日修改

仁爱和睦青石寨

群山逶迤，层峦叠翠，一座依山而建，逐级抬高，青石乌瓦，层次分明的古寨，静默在炊烟浸染里。宏大的规模，吸引着每个遇见的过客，都要驻足惊叹。喜欢内涵的人，更为其治家旺业所秉持的"仁和"文化魅力趋之若鹜，乐于探究。

青石寨坐落于同安镇三捷村，始建于清道光十年（1830年），耗时八年建成。它坐北朝南，依地势而建，一条小溪绕过寨前，三面阡陌纵横，田畴交错，视野舒展开阔。寨长73米，宽83米，周长312米，占地面积6700平方米，其外墙以当地青石砌成，底座厚2米，墙高4.6米，浑然一体，坚实稳固。

建筑风格采用四落透后，飞檐翘角、回廊天井、厢房子房、厅堂后院。设有一个主厅，两个副厅，共有7埕4通道10个天井，房屋378间。寨的东西南北角还辟有哨楼，设防御枪眼，具有较为完善的防匪、防盗、防火和排水设施，不难看出寨堡主人家境的殷实和良苦用心。

建筑专家考察后评价："青石寨是闽中典型的古庄寨建筑，形制宏大且保存完整，介于传统中庭型护厝式建筑与福建土楼建筑的过渡类型，是研究东南系建筑的珍贵实物。"众多报刊称之为"民间故宫"。2009年被列为省级文物保护单位，2019年被国务院授予国家级文物保护单位。从青石寨正门进入寨堡，入门为前院廊屋，小天井铺以清一色长条青石，拾阶而上，层层递进；正座面阔七开间，进深九柱；后座另成院落，正中面阔七间，进深五柱，双层楼房，穿斗式构架，悬山顶。一进去就有一种豁然开朗的感觉，似乎时光倒流了近两百年，昔日的繁华与气派，立即一幕幕呈现在眼前。

青石寨为张氏府邸，建寨的主人为序捷、序仪和序光三兄弟。起建时，其父张行丰在世，但由于兄弟精明贤达，勠力同心，建寨之名记在兄弟名上也就顺理成章了，因此也衍生了寨名的由来。

青石寨原名"仁和庄"，因青石外墙见著，俗称"青石寨"。为何冠名"仁和"？不得不插上一段建寨主人的家史。

"仁"本指人与人之间相互亲爱，"和"即和美、和谐、和睦，和衷共济。孔子把"仁"作为最高的道德原则、道德标准和道德境界。青石寨主人把"仁和"二字，奉为治家立业之本，不断演绎着家道中兴的传奇。

"一墩石磨一合母鸭"起家

建造青石寨要从建寨的三兄弟祖父季良公说起。季良原住辅弼（今同安），不知缘于何故，在一个秋天的清晨，携妻带眷，从辅弼出发离开高芩厝。在季良的带领下，一家老小沿着一条杂草丛生通往县城的羊肠小道上艰难地迈进。晌午时分，他们拖着疲惫的步履，来到三节尾仑（今三捷张氏祖厝）。也许是此番出行没有明确的目的地，也许是饥肠辘辘无力赶路的缘故，本是路旁一块依山临溪的斜坡地，他们突然觉得风景这边独好。于是，简单充饥后，季良夫妇正耳语着赶路的事，儿子行丰陶醉于周围美景的神态，似乎给了他们夫妇某种启示，他俩简单交换意见后，决定就此暂歇，不再茫然赶路。孰能料想，困乏的意识夹着某种无奈的决定，从此改变了这个家族的走向。

季良公离开辅弼时，可谓穷困潦倒，唯一的家当就是随身挑走的"一墩石磨和一合母鸭"。如此境况，要想安身立命谈何容易！房为居之所，无房则无以安身。季良公先是搭起草屋，让一家老小有个蜷身之窝，后才思量何以生存。做豆腐买卖是季良夫妇的看家本领，为了养家糊口，他们架起石磨，重操旧业。豆腐生意很快在小小的村落打开销路。由于夫妇俩注重"仁""信"原则，生意越做越红火，不久他们的经营范围，从三捷扩展至坂头、洋尾、洋中等村庄，季良豆腐美名远扬。

也许是豆腐渣饲料的滋补，一合母鸭也憋足了劲，好像懂得"知恩图报"道理似的，每天竟下着"双窝蛋"，为主人添财致富。母鸭生双窝蛋的神奇传说，至今还在传播。几年过后，季良家庭逐渐殷实，推倒草屋，盖起了人生漂泊的第一个驿站——新安庄（今三捷张氏祖厝）。

季良的儿子行丰，得风水之灵气，就在当年流连的水边草寮里，结婚生子，先后添养了三个儿子，他们分别是序捷、序仪和序光。随着光阴的流转，兄弟仨从懵懂少年，变成英俊小伙子。三兄弟的出现，打破了原有村庄的沉寂，不断演绎着如同青石寨从无到有，不断崛起，不断壮大的荣耀与辉煌。

"仁和"家业兴

青石寨先祖秉承"以仁为德，以和为贵"的理念教育子孙。序捷、序仪、序光三兄弟从小受家庭的熏陶，为人诚实守信，谦恭礼让，和美待人，做事执着专业，各有所成。因此，在家庭立业上，他们各取所长，分工负责：老大序捷，居家主内，从事田、园、山耕作管理；老二序仪，念过书，会识字，见多识广，善于交际，负责打通生意脉络；老三序光，擅长生意经营，长期居住在外，负责店铺生意。由于在经商过程中，做到前有平台，后有基地，中间还有畅通的生意网，显现出了与众不同的"产、供、销"一条龙独特优势，保证了商品的质量和供应。由此，"仁和"店旗在福州台江商业旺地到处飘扬，连锁店就多达10家，"仁和"品牌声名远扬。

张家兄弟主要从事茶油、木材、大米生意，经营范围遍及福州、长乐、福清等地。设在福州台江的茶油经营店铺就有3家。在三捷老家开辟茶山近 500 亩，设有油茶坊 3 个。同时，还从嵩口、德化、尤溪等地收购木材、大米等，水运至福州、长乐等地批发买卖。稳定的生意收入，为他们家庭注入了可靠的财源。

三兄弟一边经营，一边用生意所得购置田产。几年下来，所买田地不断扩展，从三捷延伸至坂头、洋中，甚至还购置至异乡兰口、同安、梧桐汤洋等地，面积达 1200 多亩。据传田租和生意所收银圆，整整用了三个房间来储藏。

青石寨耗时八年建成，家业长期兴旺，给建筑的完整、工艺精良、装修精美奠定了坚实的物质基础。

忍让不叫输

张家老大序捷在家从事农事杂务。他除了放田收租外，家里还雇佣一些长工耕田种地，收成稻谷供给一家老小口粮。一天，他荷把锄头去洋中牛头山下，查看水田灌溉情况，巡遍后发现，共用的水源，一丘之隔别家田地，水丰盈盈，而自家的稻田却几近干涸，情急之下，抡起锄头，从渠道疏堵引水。不多久，与邻村田地主人，引发了一场争执，序捷被推搡而扭伤了腰椎，再也爬不起来，眼看事态就要闹大，序捷示意对方离开现场，而后通知家人赶往抬回。

过了几个月，他在寿辰贺宴上，趁着县令王师俭送上"三寿作朋"匾额答谢之机，当着全家老小，把之前受伤真相一五一十地讲了出来。他有 3 个儿子，堂兄弟共有 15 人，可谓人丁兴旺，兵强马壮，再说他的 3 个儿子个个习武练棍，是远近闻名的棍法高手。听完老人家一席话，同辈唏嘘，晚辈激愤，便有人说要找对方"理论"去。

就在子孙义愤填膺之时，序捷道出了隐瞒实情的原委。他说引水纷争，乡间常事，引发事故，实属意外。如果因为自己冲动，势必引发一场大动干戈的悲剧。于是他缓缓移步至厅堂正中，面对众多亲朋好友，更是对着子孙晚辈说道："忍一时风平浪静，退一步海阔天空，逼虎伤人不可为。"教育子孙后代，做人要遵循"仁"之德，"和"之贵道理，不能违背张家"仁和"治家旺业理念，坏了名声和家风。

话毕，序捷又语重心长地补了一句："如果那天，我要是把事情说穿了，你们一怒之下，非要闹出人命不可。我们所有的努力，所有的家业，也许就是竹篮打水一场空！"

子孙们听罢鸦雀无声，似乎都在琢磨着老人家说的家道兴旺与"仁和"之间的因果关系。

从阄书看"仁和"家族兴替

青石寨三兄弟可谓家大业多：长兄序捷 3 子 7 孙、老二序仪 6 子 18 孙、老三序光 6 子 16 孙。有田地、茶山、油坊、商店等，还有一座占地 10 亩，拥有房屋 378 间的寨堡。

由他们分家的阄书可以看出，三兄弟长期处于大家庭生活之中，时间之长，家庭之和睦，实属罕见。从建寨开始，到分门立户，整整过了 34 年。1864 年分家时，老二序仪已经过世。在这漫长的岁月里，兄弟哪怕有一个私心，妯娌不和，恐怕都熬不过这些年头的，可见，"仁和"二字在他们家族成员中的分量和作用。主人"仁和"的思想境界，后人若用赞美他们盖的寨"宏大"来形容一点也不为过。

三兄弟秉承的"仁和"治家理念，一直使其家族光前裕后。分家后序捷又在店前坪起盖一座占地 1800 平方米的三落厝；序仪的儿子澄昭在双溪口盖有一座占地 1500 平方米，取名"聚星楼"，拥有八扇横楼过水结构的厝；序光择地三潦头盖有一座占地 2800 平方米的三落厝。时至 20 世纪 90 年代，建三潦头水库时才被移民拆除，枯水时依然可见坚实厚固的黄色石基。

青石寨重视"仁和"教育，代代皆有英才出：塑像于永泰县城塔山公园的女教育家张瑞贞，就是序光之孙女，嫁辅弼（今同安）龙岗厝（今樟坂村龙墘厝）余潜士（清朝理学家、教育家）儿子余善承为妻。如今张家后代保存的字体工整、用毛笔书写长达几十页的分家阄书，就是余善承所立。据《永泰县志》记载："张瑞贞自幼天资聪颖，博览群书，精通经史，能言善文，好善乐施，工刺绣，性至孝……清慈禧太后赐封她为'太君'。"

序光曾孙高涛精于中医，救难救急，医者仁心，于民国十三年（1924年）获内务部授予银质褒章。黎元洪总统还特地题写"急公好义"匾额以赠。这是青石寨子孙弘扬"仁和"精神的最好写照。

高涛之妻郑氏，为人宽宏仁义，好善乐施，助人为乐，深受乡间邻里称道。与其夫同年，获黎元洪总统"乡里矜式"匾额旌表。

高涛夫妇所育之子维春（又名曾梅），从小仁智过人，深明大义。曾任华南大学教授和国民党国防部秘书一职，由于不满官场腐败，被人陷害，后离职回家，甘于清贫，以传道授业为生。

序仪第五世孙张起芳，曾任福建省私立大学教授，大田、福清两县教育官员，因其盛德所积，被誉称"四民萃于一门"。

青石寨子孙牢记先祖镌刻廊下柱联所训，"立身为无忝，积善有余麻"，为人立身，行善积德，代代都闪烁着"仁和"精神的光芒。

青石寨繁衍至今已有九代，人口多达1832人。正如许多人和事，在历史上喧闹一时，却又在时光的变迁中沉寂下来一样，随着子孙往外迁居，它同样逃不过式微的命运。近年来，随着寨堡文化保护热的兴起，青石寨子孙们纷纷捐款捐物，希望把先祖思想文化传承下来，让先祖遗留的"仁和"光芒能重放异彩。

2016年3月20日初稿

2020年2月21日修改

孝悌滋养嘉禄庄

寨也好，庄也罢，其品如人，其名不外乎"财、丁、贵"。未见其貌，先闻其名，嘉禄庄以玄妙的故事，牢牢地烙在我少年的记忆里。

20世纪70年代，上学的路上，一座土黄色的寨堡，隔着一片田畴，矗立在山脚下，柔和的余晖映衬着它，显得既宏大深邃，又古朴端庄。每次邂逅，总投以注视的目光。从那厚重的表情里，无须思索，即可判断，那藏着的故事注定悠远深长。

故事常从"风水"说起：据说寨的右边全是"穿皮鞋"的，左边全是"穿草鞋"的。熟悉底细的人，并能一一列举对象。"贵"的悬殊让它声名远扬。

近年来，嘉禄庄生机犹发，"财""丁"兴旺引来新的瞩目。每年正月初三的"孝友会"，只要这里走出的，不论辈分，也不管居在何地，只要一个短信、一个电话，三四百人的聚会一呼即合，煞是热闹。畅叙兄弟姐妹之情，表达尊祖爱老之意。无须自白，自觉或不自觉的焚香叩拜，萦绕于祖龛上的烟雾，自可把悬挂于厅堂上的"孝友"牌匾内涵诠释透彻。

嘉禄庄又名同安寨。位于永泰县同安镇同安村。建于清咸丰二年（1852年），距今已有168年，系张睦公后裔第三十一世张昭乾、昭融两兄弟同心而建。寨依山傍水，前有一方清池，池前溪似玉带环腰，飘柔绵延，添姿亮色。面有辅弼洋，千顷良田铺展于视野，极目畅怀。

远处群峰连绵，云台仙山，屹立其间，俨如笔架，为我所用。山山水水，收放自如，与寨形成和谐的偎依，令人心旷神怡。

嘉禄庄形状方形，属闽中传统的土、石、木结构，正座第二落屋脊两端似喜鹊翘脊，具有明代风格。原始建筑范围，除了正座，还包括主寨两边相对称的横楼，据测量长 70 米，宽 100 米（如今原始建筑只留正座长 70 米，宽 60 米）。前方有水池 360 平方米、花园 2640 平方米。总占地面积 10000 平方米。墙高 7 米，基座石墙 4.5 米，上筑有土墙 2.5 米，建筑面积 7157 平方米，共有房间 182 间，面积 2900 平方米。最多住过 200 多人，嘉禄庄繁衍的子孙有 1000 多人。

寨堡内共有埕和天井 11 个（中间 3 个埕，左右各 4 个天井），排水系统畅通。两层前后四进厅，俗称"四厅透后"。共有一个大厅，三个小厅。寨堡二楼沿墙边辟有跑马道，宽约 2 米，绕庄一周 260 米，用于防御观察巡逻（跑马道于 1980 年前后被扩展为住房）。寨大门拱顶有观察和防御口孔，右边筑有一个炮楼，寨墙四周布有许多毛竹筒枪哨眼，每隔 5 米相向交叉，用于抵御匪盗袭击，不留任何死角。

嘉禄庄防火设计独特到位。正座主墙上设有防火墙，用于隔离火势串通，一旦火情突发，将灭于某一方位。为确保核心部位，在正座建筑与后座之间，采用筑墙隔挡技术，以防后座引发火情波及前方，防火区域相对独立。为便与往来，在阻隔墙中开设五道墙门（中间 1 个左右各 2 个）。上下走廊通道，架设雨亭遮风挡雨，形成既独立又相通的共同体。

嘉禄庄注重地理堪舆，前方水池寓有制煞、克火之意，兼具防火功能。同时既可养鱼，寓意聚财、"鲤鱼跃龙门"之期望。2013 年重修水池意外挖得一把"七星宝剑"，池的功用因此引发无尽遐想。

一座寨堡就是一部家族史，不仅反映主人的财力，也体现主人的追求和修为。

嘉禄庄先祖秉承祖训，主张"忍"为而治。在厅头上方饰有"百忍图"精美雕刻四尊，可惜在"文革"期间担心毛贼关顾，便拆下保存而流失。"百忍图"典故出自《旧唐书·孝友传·张公艺》，说是郓州寿张人张公艺，九代同居。至唐代高宗有事泰山，路过郓州，亲幸其宅，问其义由，其人请纸笔，但书百余"忍"字，高宗为之流涕，赐以缣帛。张公艺被世人称为"张百忍"，自此"百忍图"故事广为流传，张姓人也自此以"百忍堂"为堂号。

走近嘉禄庄，古屋氤氲着浓浓的文化气息。由当代著名书法家卢中南书写的"嘉禄庄"烫金欧楷三字，遒劲端庄，悬挂于寨门上方，寨门两边门第对联"清河世泽长，旸谷家声远"，宣示着这个家族的过去和未来，目标与希望。

步入寨门，众多游人，乐于探究壮实肥厚的墙体防御功能，以及在墙体、拱门不同部位，隐蔽着并显得神秘的每个孔口。就在此时，不管你热爱文化与否，眼前充溢的各种文化氛围，让你仿佛置身艺术殿堂的高雅。转身的瞬间，"清河堂"把你带入二进厅，一副斑驳的家风对联映入眼帘"世业千秋鑑，家风两幅铭"。古朴中带着某种虔诚和希冀，引人遐想，让人探究。"究"的不是世俗并带有刻板面孔的楹联，而是"世业千秋鑑"与嘉禄庄保持八代长盛不衰的因果关系。

迈入正厅，无人不昂首观瞻悬挂在厅堂正中上的那块"孝友"牌匾。这是一块怎样的牌匾，蕴藏着什么样的历史故事？

透过厚重的廊墩石板，抑或承载着百年风雨的椽楣，我们不难看出张家的勤勉与殷实，厚道与进取。其中一件事，却为嘉禄庄增添了仁慈、仗义、扶贫、济困的好名声，感动乡里、感动朝廷，并以此为传，代代滋养，光前裕后。

昭乾与昭融的堂弟昭年夫妇，年轻时在四川即用县工作（是为官还是经商待考究），由于早年去世，便留下一个遗孤，生活无依无靠，日子过得非常艰难。唯一的依托便是其叔父，但叔父好吃懒做，无事生非，常被乡里视为无赖。正当昭年遗孤，伸手求援之时，其叔父无心抚养，意将其卖了换取烟酒和风花雪月钱的讯息传回老家。闻讯的昭乾和昭融，急得寝食不安，商议之下，派昭融赶往四川，将昭年遗孤携带回家，视同自己的儿子，抚养至八九岁，并送给他牛羊放牧挣钱，一直照顾到昭年遗孤成年，为他娶妻成家，添置衣服、被褥、锅碗、瓢盆、锄头、铁犁等日常生活、生产用具。从此，昭年一脉得以繁衍传承。

昭年的后裔，感念昭乾和昭融对其祖先在危难时刻的帮助和照顾，于清光绪元年（1875 年），请求四川即用县乡绅名士向朝廷推荐"孝友"，得到礼部批准，并由礼部题请"孝友"牌匾，以表彰其兄弟义举。并于清光绪三年，奉光绪帝圣旨恩准，竖匾入祠供奉。

"孝悌"文化是嘉禄庄文化的精髓。孝敬父母，友爱兄弟，一百六十多年来如影随形，滋养着子孙后代。在嘉禄庄"孝"的故事不断演绎，许多被乡里传为佳话，颂扬流传，兄弟友爱，广为人仰。昭融次子明恪育有 7 子，四世同堂，和睦相处。明恪孙曾玑经商有道，于1928 年广发银圆票券，效用于福州广大地区，由于英年早逝，突发兑换银票潮，兄弟同心守信，度难克艰，不让任何人亏蚀赔本，赢得尊重，成为远近闻名的"悌"的典范。

近年来，昭融支脉裔孙，秉承"孝"文化传统，弘扬"悌"家训精髓，续写"孝友"真情，携手致力家乡建设，共同成立了福建三升发展有限公司，筹划开发同安旅游产业，一个光前裕后的宏图伟业正在徐徐铺开。

2015 年 8 月 29 日初稿

2020 年 2 月 21 日修改

诗书传家九斗庄

　　九斗庄位于永泰县同安镇同安村，建于清光绪二十一年（1895年），因古寨堡建筑占地合古代九斗种子的种植面积，故而取其名。

　　来到九斗庄的人，不经意间，抬头俯身，不管是目及精致豪达的感动，还是感伤家道没落的无奈，很少有人疏忽厅堂高而宽阔的雄浑，四梁扛井结构独特的罕见，卷棚镂刻精致的华丽。一座融主人财力与思想的建筑，虽然后人谁也说不完整曾经发生的一切，但从120年风淘雨涤的墙头砖瓦，廊沿压石，天井铺设中，我们总感到规划的体面，与力不从心草草收场形成的残局，冥冥中应了其先祖张元幹"天意从来高难问，况人情易老悲难诉"的哀叹，留给后人无尽繁杂的思绪。

　　跨进九斗庄下落大门的那刻，展现在眼前的天井、厅堂足以让你感到震撼。古代民间建筑，以皇宫高度为标准，压低自己所造宅居，以表对皇权统治的诚服和封建礼制的崇敬。同安镇古寨堡颇多，早于九斗庄，且规模更大的有百米之外的嘉禄庄，还有附近村庄的青石寨、爱荆庄等，但它们的厅堂高大程度和天井面积远远小于九斗庄。九斗庄的建筑大胆而不出格，大气而又注重细节的风格，让无数来到这里的建筑专家、人文学者倍感兴趣，乐于探究。

　　除了建筑之外，不少文化学者，则被九斗庄独树一帜的劝学家教文化所吸引。接近它有如春风拂面，让人耳目一新、眼前一亮。它所收藏的理学文化，又仿佛一座经典宝库，让人追寻着主人执着于劝学家训的前因后果。

踏上厅堂的廊沿，迎面仿佛飘荡着缕缕书香。凝望厅堂左右厢房的文字雕饰，不禁感叹主人劝学家教的良苦用心和当年的匠心独运。如今主人归隐了，工匠歇息了，留下上窗花顶部和下涤环板各16块规整的汉字，虽经历百年风雨沧桑，看尽人间荣辱兴衰，却韵致犹存，焕发光彩，令人遐想。

大厅两厢的一排隔扇窗，涤环板一整排木雕面板文字，其书法与雕刻造诣都十分精湛，内容多为宋、明、清三代理学名家有关劝学家训方面的"语录"。

从右到左，涤环板上依次镶刻着清代学者张履祥（又名张杨园，时称杨园先生）、南宋著名的理学家教育家陆九渊、三国的诸葛亮、明代唯物主义思想家著名学者吕坤、清代理学家陆稼书、明代河东学派创始人薛敬轩、南宋理学家朱熹、北宋张载以及洪自谈等关于劝学、为人、治家，以及看待诚实、守孝，求功名、幸福观等经典名言。

劝学家训以"杨先生曰，子弟童稚年，父母严，异日多贤；父母宽，异日多不肖"为开篇，劝天下为人父母者，对孩子要负起防闲督责，自幼挫磨其血气，收束其心身，以免放志恣情，骄奢淫逸。从管教子女说起，引用理学名家名言，谋篇布局，形成自己劝学家教理念。

从其引用名句用意可以看出，他们认为家道兴旺在于人，人是家的缔造者，只有做到"静以修身，俭以养德"，方可达到"泰山乔岳之身，海阔天空之腹，和风甘雨之色，日照月临之目，旋乾转坤之手，磐石砥柱之足，临深履薄之心，玉洁冰清之骨"。

"男儿八景"，具备大气场、有涵量、有骨气、有魄力、有能力、敢担当、会做事的气节与本领。家训认为，人世间一切豪奢都是过眼烟云，飘渺虚幻，唯有知书达理，靠勤劳致富，才能使生活过得心安

128

理得，其乐融融。鼓励子孙追求陆九渊所言："人家要三声、读书声、孩子声、纺织声也。闻读书声，觉圣贤道理，在他口中、在我耳中，自神融心悦；孩子声或啼或笑，俱是天真天籁；纺织声，则勤俭生涯，家人有七月豳风景象。"劝诫子孙后代，为人需扎实根基，立志定心，心有学问，孝慈友恭，志在践修。如陆稼书所言："今之教弟子者，必以《濂洛关闽》之书为根本，以《小学》以基址，以先正醇朴之文为鹄，率使自孩提有识即浸灌于仁义之中，游衍于规矩准绳之内。"

细读木刻文字令人深思，催人警醒。古往今来，浩瀚的书卷中，类似《训子语》《诫子书》的书籍不计其数，主人能从中选其精华，适我所需，按人生不同阶段应具备的素质，引经据典，铺排于厅堂，既是艺术之作，又为家教之用，足以见得主人文化品位之高，教化用意之深。

从面板雕刻笔力、章法来看，书法手迹至少出自三人以上之手。读其家族谱可知，九斗庄的父子等人，皆重视诗书耕读，属于有文化之人，如果择其书法精通者完成，料想也是可能，由此可以看出主人重理学、精书法，文化造诣之高，令人仰视。倘若请人所书，也足见主人乐交文人墨客，谈笑皆鸿儒的高尚品味。复读这些名句，透过现象足以见其重学敬道，尊重知识，明理做人的情怀，令人肃然起敬！

九斗庄为嘉禄庄主人张昭融之子张明良、张明恪、张明起三兄弟建造。三兄弟上承父训，家风甚严，孝父母悌兄弟，管教子弟"听时顺天""入则笃行，出则友贤"；"守分安命""静以修身，俭以养德"，现在看来，某些思想虽有局限，但遵循中国传统儒家思想，倡导子孙遵守规矩，为人必须"忍""让"的情怀，深深地影响了一代又一代人。先辈爱才好贤，重耕读的思想，濡染了九斗庄子子孙孙。张昭融长子张明良乐善好施，济困扶贫，提倡修建了"毓英宫"，精通医术堪舆；次子张明恪曾中举人，被举荐官职，因看透晚清官场腐败，拒绝任职，留在乡中任辅弼小学校长前后十一年；三子张明起年少时，因父亲年老而辍学，但一生手不释卷，且侍奉年老多病的双亲十几年。

三兄弟的伯父张昭乾学识渊博，精通地理堪舆，嘉禄庄系其亲自设计、督建，同时精通医术，又明伦理，为人公正廉明，善解乡邻纠纷。其父张昭融忠厚勤俭，敬仰读书人，教导子孙耕读传家。兄弟俩为人慈爱、仗义，其事迹以礼部题请"孝友"牌匾得以旌表，并奉光绪帝圣旨恩准，竖匾入孝悌祠供奉。

父辈以学养生，以德养心，以勤养家，以俭持家的为人、治家方式，深深地影响子孙后代。九斗庄雕镂文字，足见张氏兄弟身体力行，以诗礼耕读的儒士传统来修身、治家，并希望良好的家风代代相传。由于家教严谨，张明恪长子张高泉创办了辅弼学校，让当地的普通百姓的子弟也能受到蒙学教育。此学校为同安小学的前身，从这个时期的学堂中，走出了以现代教育家檀仁梅博士为代表的一些有影响力的同安人。张高泉后来任永泰县教育会副会长。张明恪次子张高尧的儿子张曾玑，精通算术，主持三升号商行，经商有术，该商行曾发行"三升号"纸质兑票，在福州各区县可通行通兑。因其英年早逝（时年三十一岁），引发商行发行的兑票兑现潮，家人遵循祖辈遗训，坚守经商的诚信本色，变卖各类产业用以兑现商行所发放的兑票。

如今，不管是嘉禄庄还是九斗庄走出的子孙，家教素养方面依然秉承祖训，好学上进、守法做人、勤劳致富始终成为他们的为人品格。其后代日子过得红火安顺，事业发达远近闻名。

2014 年 12 月 27 日—2015 年 1 月 8 日

以花寄语翠云寨

"丹云映清野，翠云绕古寨。"有人用云概括了丹云乡境内的风貌。

翠云是丹云乡下辖的一个村，村子因寨而出名，翠云寨又称和城寨，位于永泰东北部，海拔700多米。这里山高林密，原野碧翠，常年因云雾缭绕而得名。

翠云村位处天台山麓，因沾了山寺的仙气，蛰伏在绿丛中的民居，容颜素雅，清新拙朴。绿丛中麻菇似的屋舍，铺展于山野，"和城寨"尤为醒目。

和城寨始建于1853年，竣工于1899年，历46个春秋。它以方的形态矗立，阅人间沧桑，见励志创业。寨从林天郁始建，其子和城续之。为何弃父名，以和城冠名，这是个心酸而又励志的故事。

林天郁祖源于葛岭巫洋，以广植李梅为生，到了林天郁，因经营青梅有方而成一方富贾。1853年，他手中的积蓄足以支撑他的冲动，看到四邻富人响应官府号召，建寨防匪自保，便开始谋划建寨，冀以保家守业。

天有不测风云，一年后，庄寨刚筑了一扇墙，踌躇满志的林天郁，就抛妻别子，撒手人寰，这年他36岁，独子和城13岁。13岁的林和城，还是个懵懂少年，在叔父、舅父等亲友的帮助下，早早地扛起了风雨飘摇的家。俗话说，磨难的孩子早当家，就这样，他以稚嫩的双肩，接过了父亲未竟的建寨伟业。

建寨是个浩大繁杂的工程。如何赚钱充实家底，统筹工程涉及的资金、设计、材料、用工等，确保庄寨建设可持续进行，像一道复杂的方程，摆在一个小学生面前，让他无所适从。然而，磨难又像一剂催智药，他以超乎常人的思维和能力，学会了当家理财、看图设计、管理施工。他在学中长、长中干，"摸着石头过河"，慢慢开启了这道人生之门。为了实现父亲的遗愿，他失去了少年的欢乐，提早步入了人生负重期。

林和城是子承父业的典范。现存的寨以土、石、木为主，四周寨墙采用石砌加土夯实而成，寨墙上布有约一米宽的巡防通道（跑马道），墙体上大大小小的枪眼，以及用来瞭望的斗形窗，放哨的角（碉）楼，皆为林天郁设计，寄托着他防匪护家的良好愿望。这些设置、构造、规划、设计，到了林和城无一删减，反而齐全。

林和城重视其父的构思设计，并在其基础上，完善了周围环境的不足和外观装饰的缺失。在和城寨前有个埕，埕从悬崖边石砌而成，形似弓状，此埕后人俗称半月埕，寓意着"开弓没有回头箭"，为父亲的心愿，把自己毕生的追求，融入父亲未竟的事业。

从高空俯瞰，和城寨又像一艘起锚的航船，半月埕恰似迎风破浪的船头，驶向未来。今天，再去看如此富有寓意的图案，不禁为他的胸怀和愿景拍案叫绝。半月埕的周边种有松柏、柳杉、六目等树种，与屋后树林形成呼应，把庄寨嵌入绿的中央，犹如蓝色绒布上一块熠熠闪光的宝石。

寨的正面石墙上，镶嵌着丁香、葫芦、荷花、牡丹四幅石拼图，每一幅都是和城亲自选定，以花寄语，写给自己，也留给后人。寄丁香花，忘却忧伤，挺直腰杆，淡定高雅；希望子孙像葫芦一样，有超强的繁殖能力，子孙绵延万代长；以荷花寄托子孙后代，要"出污泥而不染"，纯洁心灵、清白做人；最后才希望自己的家人，形体端庄，事业圆满，富贵高洁如牡丹。以花表达情感，融入了他人生态度和为人追求，他以独特的方式把自己的思想嵌进了墙体。

和城寨一砖一瓦写满励志和传奇。和城少年丧父，家庭式微，懵懂的他无惧无畏，凭借着聪慧、坚毅、诚实、守信，把父亲开辟的商路拓得更宽，一步步把家人带出困境。至于传奇，后裔缅怀林和城，自然绕不开"人有凌云之志，非运不能腾达"的故事——

有一年，林和城售卖的梅干寄藏于福州，由于仓管员窃取盗卖，担心短斤少两丑行败露，便自作聪明在梅干上洒水增重，结果因潮生霉，一场货损财破的灾难即将降临。

林和城得报后，星夜赶赴福州，由于路途劳顿，正想休息时，外面来人火急火燎敲打着门扉，说是山东某地发生重大疫情，梅干熬制的汤药，可以起预防与治疗之效。因此，本应急需处理的梅干，却成了治病救人的仙丹，横遭厄运的他，祸去福至，赚回大量银圆。这是林和城面临破产时刻，得来非同寻常的一桶金，助其家业振兴，奠定了殷实的基础。

在这期间，林和城边建寨边做生意，主要产业是造林和种粮。据载，咸丰至光绪年间，他成为福州府屈指可数的造林和种粮大户。完成建寨后，他的家道更加殷实，还在永泰葛岭、福州南后街置有房产恒业。

林和城崇尚孝道，是远近闻名的孝子。其母老病，他事必躬亲，端茶、送药、按摩样样都做，除了外出，他尽可近身服侍。他热心公益，广施善缘，和城寨旁的大王境戏台边精美木刻，至今留有刻着他捐资的名字，每次捐款，他都积极参与，成为远近闻名的"缘首"。林和城的故事感动了乡里，感动了官府，通过捐纳，得授五品知府衔。

站在和城寨外，被四周葱郁的百年松柏、柳杉簇拥着，当山风渐起，青松翠柏随风翻涌时，我仿佛浸染在清风古韵里。林和城写有楹联："绍宗祖一脉承传克勤克俭功业长垂百代，教子孙两行正路惟耕惟读家声丕振千秋。"赏读此联，我耳边似乎回响着主人的殷殷教诲声，它如一袭长风，贯通古今儒教，写满寄托情怀的深切，教化了子孙，也让我受益满怀。

2019 年 4 月 20 日

勤耕励读康乐庄

时光像一团烟雾，常常给人带来一种幻觉，有时很遥远的往事，仿佛就在昨天。

十二三岁时，我随乡人去盘谷买烟丝，跟其到他姑妈所在的康乐庄，胆怯而又猎奇的心理，充满着梦幻和探幽的心绪。昂首望去，只见黑压压的屋顶，在家家户户炊烟弥漫下，若隐若现飘渺成一片。宏大的感觉，从未有的强烈，直戳心底，这种印象，定格为我后来对寨堡建筑片影的永恒。

去年，摄友邀我拍古寨，再到康乐庄。少时的印象和感觉，就像朋友久别重逢的亲切。不吝目光的奢侈，仔细审视着它的容颜，探究着当年无法企及的内涵。

康乐庄又名攸交寨，位于永泰县大洋镇康乐村，建于 1810 年，距今已有 210 年。原系汪道水动工兴建，后因年老体衰交由其长子汪攸交续建竣工，故称"攸交寨"。寨依山而建，面堂开阔，极尽村庄千亩良田于视野，舒展、豁朗，令人神怡。

走近康乐庄，正门的构成令我感兴趣：两重 15 公分厚的木门扇，15 公分见方的门栓，是如此的厚重严实。前方不远处，还有一个双扇开的木扇门，给人一种严密的防御印象，正如"一夫当关，万夫莫开"展示着它固若金汤。康乐庄"三门把守"森严壁垒，在剑戟为兵器的年代，足以挡住任何的进攻，这种防御系统，怎不令人震撼和感叹！

现实中，这三道门的最后一道，还肩负着礼仪之重：只有主人举办婚丧喜庆、祭祀、迎接贵宾、大典仪式才开启使用，开"三重门迎接"，具有高规格的象征意义。

康乐庄形状为方，属闽中传统的土石木结构风格。主楼屋脊两端似喜鹊尾翘脊，具有明代特征。据测量，康乐庄占地面积 8300 平方米，墙高 7 米，基座石墙 4.5 米，上筑有土墙 2.5 米，建筑面积 5200 平方米，其中厅、廊等占 1100 平方米，房间共计 228 间，面积 4100 平方米。最多时住过 212 人。

寨堡内为全木结构，严谨壮观，有完善的天井埕和畅通的排水系统。两层前后四进厅，俗称"四厅透后"，共有一个大厅，三个小厅。寨堡内四周跑马道宽 2.5 米，可以畅通无阻，方便巡逻，保卫安全。前后斜角墙各筑有一个炮楼，墙、门上布有许多毛竹筒枪哨眼，用于抵御匪盗袭击。

寨四周高墙包围，布局合理，坚实稳固，是一处较具规模的土木结构房屋群落。可惜，近年来汪家后代拆旧翻新，在寨的第一落，盖起混凝土建筑，寨的完整性遭到破坏，就像端庄典雅的脸庞被划上一刀，令人痛心。

当然，天生丽质的康乐庄，脸上留疤虽有遗憾，但不因此而丧失光华。随着乡愁之风渐趋浓郁，日渐荒凉的古寨名居，重新撩人投以注视的目光。两百多年前，汪家人何以发家变愿景为现实，以无人比肩的实力，完成如此规模的建筑艺术品留存于今天，成为矗立在乡村的建筑文化丰碑？所有的这些，足以让我们探究不倦。

在重礼仪的国度，一个简单的称谓，往往包含着情深意重的含义。"攸交寨"改称"康乐庄"虽只二字之别，但蕴藏着人们的情感，寄托着乡亲对某种愿望的追求。

当伟业异乎寻常出现的时候，人们对它的前因后果往往充满兴趣。翻遍康乐庄的家族史，人们始终得不到其发家筑寨的确切答案，于是各种猜测充斥乡间。据说：主人不当官也不经商，甚至没有像其他"寨主"有关"捡到金"的发横财传说，是纯粹的一介农夫，建寨的财源，最主要的是从数亩薄田勤俭起家的。至于他如何勤劳克俭，日积月累，成就伟业？关于主人贩牛赚取银两的故事，流传最广，至今还在演绎激励后昆。

乡亲们敬佩汪攸交的人品风范，于是"爱屋及乌"，把村名作宅名，无私地赐予了他。"攸交寨"随着光阴的流转，顺理成章地变为今天的"康乐庄"，寄托着无数乡亲对他的敬仰，并希望乡村蓬勃如斯。

康乐庄是一本记载了人情百味的线装书，也是一部演绎着家族祖训传承史。康乐庄的故事，有的落进乡人茶后谈资的杯盏里，有的钻进光阴倏忽的烟雨里。

走进康乐庄，有如翻阅历久弥醇的往事，一种熟悉的温暖扑面而来。阳光将飞扬的烟尘抖落在瓦片间，守望着这份被岁月浸染的古老，连墙角萌生的苔痕都让人觉得迷恋。

厅堂上悬挂的"文魁"是攸交之孙汪简能为太学生所旌。简能与人为善，且扶困济贫的高尚品德，深受乡人赞誉，族人为彰其品行，悬挂"好行其德"金字牌匾于祖龛上。至于其他高悬的牌匾，同样写满故事，颂扬着家族文化和人性的光芒。

"萱草长春"乃攸交子机宗妻鄢氏，相夫教子，勤俭持家，孝友和顺，长慈幼喜，儿孙满堂，五代同居，享寿八十七而表。

"德尊望重"因汪齐凛为人忠厚，办事公道，善解人意，善于化解矛盾，和解纠纷，秉持公道，被人称道。他经营的小店铺，童叟无欺，广受乡人颂扬。五十大寿那年，乡人感于他的德行，为其彰显。"文魁""萱草长春""德尊望重"，一块块牌匾金亮灿人，它们珍藏着族人邻里对康乐庄过往人和事的感念，隐藏着古寨仁爱的血统、高雅的灵魂。

康乐庄的主人，以其"诚""勤"二字融进了烟火熏染的世俗，后代子孙谨遵祖训："齐身修家，真心为始，女俭男耕，长慈幼喜，仕者忠君、商者平市……执业各殊，操心一理，守此箴规，家运必起。"传承和发扬祖先为人品德，重视传统与文化的发展，注重儿孙教育培养。

据汪氏后人介绍，为子孙念祖不忘本和鼓励读书，其先祖设立了"公轮田"和"奖学田"——

"公轮田"即用于祭祀祖灵，祭扫祖坟的田。该田有 5 亩，每年依房、户依次轮耕，耕作所得，用以负责祭祀和祭扫开支。祭祀或祭扫当日，按规定酒菜品种和数量，置办宴席，感念先祖，承恩辟后，此餐俗称"祭墓昼"。

"奖学田"亦称"书生田"，用以奖励读书之家。此田 3 亩，谁家有人读书毕业，就由谁家耕种，一般可收租谷 15 担，称曰"书生租"。倘若当年有多个毕业生，按份均分，待新毕业生出现，再流转他人耕作。此俗延至 1950 年土地改革止。

康乐庄是重视农耕文化的典范。如今依然延续祖宗奖学、助学传统，设立了"汪氏教育基金会"，每年高考揭榜，村里总是反复演绎着敲锣打鼓发放奖金的热闹场面，激励着汪氏子孙励志好学，比学赶超英才辈出，大学生人数逐年增多。近年来，先后从寨里走出 30 多个大学生。其中汪子春为中科院自然科学史研究员，享受国务院特殊津贴；汪子亮为抗战英雄，名字镌刻在共和国英烈史册里。

走进康乐庄的楼道梯间，在尘埃的停落处，追忆一段攸交遗韵，寻觅寨堡过往人事，我们浸染其遗韵沉香，同时在寻觅的曲折迂回中，感受并体悟传统文化的博大。

2015 年 8 月 10 日子夜

古镇年华

嵩口古镇的魅力，不仅是视觉上的桃红柳绿、青石巷道、花墙画楼、锁窗朱户，更在于它的文化底蕴和人文景观。作者潜心挖掘乡土的灵魂，无论是凡人俗事，还是达人韵事，抑或是神人传奇，都能取其精华，或浓墨重彩，或点到为止。于是文章行云流水，主题鲜明，令人发悟。

古镇年华

　　每个人，都有一个属于自己最早记忆的街镇，无论那个街镇是生活的家园，还是长辈商旅涉足经常提及的地方，只要从有记忆开始镂进某些深刻，脑海里属于它的繁华、显赫，都会成为一片风景，停留一生。

　　嵩口，是一个曾经的通衢商埠，宋元时期纳入了行政管辖。千年流转，荟萃着古老的民居建筑，拥有璀璨夺目的文物瑰宝，珍藏着受人景仰的人文故事。嵩口，也许不是你命定的故园，但一定是所有来过的人不能遗忘的那个地方。

　　来到古镇，淡雅的山水、浓郁的风俗、丰厚的底蕴，在过客的生命里渐次舒展开来。

　　行走在石板路与青砖装帧的街巷，你会觉得连古镇的尘埃都是风情的。站在古码头，凝视大樟溪上的卧石和不再深涵的水道，画面静得有些苍凉；回眸身后，当年旺盛的妈祖庙香火寂静了，热闹的天主教堂亦沉寂不语。品读沉落水中的千年沧桑，人们只能从传说中的只言片语，去感受过往的烟云。

　　溪面晨风微漾，有人在荡舟撒网，这画面让人仿佛看到曾经的古镇老渡口，一天的生活，从晨曦中吱呀的摇橹声开始。一根根长长的竹篙撑着木船，从三面而来；船帆相连，摇橹号荡，水面一派繁忙。

　　"重整义渡碑""永禁溺女碑"静默无语地站立着，它和古码头一起静静地送走春秋，又匆匆地迎来冬夏。它们看花开花落，悟缘起缘灭；它们对这里曾经的繁华缄默不语。光阴流走的是往事，不变的是史实。那些被河水浸润过的人生，带着深山古埠、千年墟市的风韵，在迷离的岁月里做一次千帆过尽的怀想。嵩口依旧、码头依旧，待到春风如梦，明月入怀，谁还会在远方彷徨？

穿行在素淡又含蓄的风景里，在诗意中感受时间的恍惚，而温暖的阳光下印证生命的真实。从古码头转身，拾级而上到鹅卵石古道。被雨雾擦亮、脚印磨光的古道卵石，恍惚着曾经摩肩接踵的繁荣。楼牌上"群贤毕至"四个大字，像是一位藏聚过往烟霞的老者，得意中带着自信，炫耀着这里曾经的显赫与荣光。

旁侧的"嵩口民俗博物馆"犹如饱藏记忆的大脑，600多件民俗文物，收存年轻的惆怅，也珍藏着无数被岁月磨淡的印迹。从生产到生活，从文书到契约，看时代变迁，阅斗转星移，知精神轨迹。璀璨的农耕文化像是被吹散的历史云烟，重新在这里凝聚，化成触手可摸的史迹，让我们反复诵读着古镇年华的雅韵。

古旧的气息，从枯朽的门板上、从斑驳的墙粉中，从青石的缝隙里漫溢出来，牵引着无数路人纯粹的向往。仿佛只要一不小心，就会跌进某段熟悉情境里，又让你久久不能走出。横街、直街还是米粉街，无不激发你无限的想象，曾经密布码头的酒肆、鸦片馆、当铺、银行、货店和税局，如何地人来人往？昨日可追忆，明日可念想。你可以走进"时光邮局"，把今天寄给明天，感受"天若有情天亦老"的嗟叹。

沧桑古街，见证着浸染过时光的往事。解放初期的"人民法庭"，捡拾起古镇繁华与法治文明的因缘关系。从元代设立的嵩口巡检司，再到"铁印直行"的故事传说，寄托着民众的希望，也铭刻着为官的美德。从吏治文明出发，古镇不断演绎着行政管辖和古镇繁荣的一路风景。

徜徉在古镇自然天成的风景里，任何一个不经意的瞬间都会让你跌进遥远的记忆里。用坦厝建造耗时 27 年，长乐艺人躬谨木雕，祖孙三代勤镂不辍，不管是十二屏风的精美，还是四幅镏金人像的绝伦。主与雇的力量与功德，都在经年的往事和怀旧的情感中沉浸。

古厝是有记忆的，它记得曾经有着怎样的拥有，又有着怎样美丽的落寂。它把记忆静静地搁置在流水上，等待着有缘人乘风而来，再把故事抖落一地，让人听取。精美的木雕门窗，让我们感叹工匠的鬼斧神工。而用金厝和西霞厝书斋屋挡水墙上的航海壁画，历百年风雨，依然鲜艳美丽。那以红黄黑白蓝颜色来描绘的航船、礼塔、长袍、胡人尽显异国风情，宣誓着主人的曾经见识与胸臆。让人惊叹海丝在深山里的印迹。

悠长的小巷在烟雾中慢语轻诉。在古镇，每座民居都有自己的故事，每个故事都演绎着美丽的传奇。龙口厝以鹤形路和龙口书斋创意妙想，让堪舆地理、风水学说的神奇悄然潜入你的心底。而"乌鸦飞不过"的大厝中，有一落叫和也厝的老厝，那厅下两侧装有张圣君长工生涯挑走粮仓的故事的方形粮仓，把得意时须淡然的良训，用陈年古物与不老传说让你刻骨铭心。"松口气"客栈，用生产队仓库改造的民宿，让过往行人松一口气，抖落一身疲惫，送走夕阳，迎来曙光。因为名人的钟情，这里成了网红打卡点。

站在古巷的路口，望着远方恍惚的青烟，那光洁的石板，不知经过多少脚印的打磨，才有这般温润。这就像是一条轮回巷，穿过去可以找到前世，而走出来，又可以寻回今生。耀秋厝前，有白底红字："练武卫国当英雄，改造自然当尖兵，劳武结合满堂红，亩产万斤上北京。"说着"三面红旗"的故事。周边的"郭家墙"，以凝固僵化的形象，叙说着郭、郑、刘、卓商旅的立足艰辛。嵩口的前世今生被许多人不知疲倦地追寻着，他们带着各自欢欣或心酸故事从这里走向未来，留下了散落在古镇的 165 座古民居。从镇中心往卢洋、东坡走向，有万安堡、下新厝、龙口厝、耀秋厝、芦洋寨、下坂厝、用金厝和西霞厝等。

我同所有的过客一样，带着陌生的熟悉走进古镇，寻找缔造昔日繁华的过往，寻觅行政管辖的历史。嵩口属永泰县最早建制镇，南宋时期就已形成小集市，明清时随着物产丰富，经济繁荣，文化发达，并逐步形成赶圩习俗。每逢农历初一、十五，周边四市五县民众水路并至，盛大场面可比清明上河图的繁荣，这墟市一直延续至今。

每一种乡土饮食，都交织着某种难言的情结，这情结在你远行千里之时，就流淌成母亲的乳汁。古镇的风味小吃蛋燕、滑肉汤、九重粿、水晶饼、美人糕，是古镇的味蕾记忆。三出宴的习俗，则让古镇风物、风俗浓缩成了舌尖上的味道。那宴会中的"转鸡头"风俗历久弥新，转出了待人之道、人情世故，也转出悠悠乡愁……

嵩口古镇，我每一次来，都有一番感动。我努力地珍藏着属于自己心头的记忆，但独属于它的久远与丰厚的年华，却无论如何都难以用文字来酣畅表达……

2019 年 7 月 10 日于嵩口

月上洲头话花溪

这是一个钟灵毓秀、人杰地灵的小山村。

春暖花开的季节走进月洲，桃红李白，仿佛置身桃花源的美妙；在这里，碧水环绕，翠竹婆娑，呼吸感受书香、张目俯拾文明、侧耳充溢传奇、情怀感受正义，是一个一木一传说，一石一故事，一屋写春秋的地方。

"洲圆如月，水成月牙"描绘着月洲的风光。山水力所能及地给了这个小山村所有美丽的浪漫。梁国公之子张膺、张赓兄弟俩，一夜同梦，梦境如出一辙，在那桃花流水的地方，有块水绕沙洲的宝地，便是他们安居乐业的去处。梦来得如此突然和神奇，在金甲神人的指点下，兄弟俩携家带口逆大樟溪而上，寻找梦中景致。时近中午，正当他们饥肠辘辘，疲惫之际，一条小溪从右方盈盈而来，清澈的水流飘荡着朵朵桃花，汇至开阔的溪面，仿佛一场桃花盛会，灿若花海。折向桃花飘出的溪流，时许功夫，眼前景象堪为梦境再版。

月洲乃充满诗意传奇的村落。群山环抱，葱绿郁秀，一条溪流蜿蜒而下，穿过村庄，就在往前奔流的时候，好像怀春的少女来个回眸，折身弯个腰留下一潭碧绿，然后起身拐个弯，又款款返回上路。沿着岸边凹出一个巧妙的弧形，进入一片树林继续下行，以柔美的身姿，带着一路飘落的花香，汇入前方的大樟溪。这一顿一折，一弯一曲，仿佛神仙造化：洲上桃林成片，微风拂过，落英缤纷，溪绕洲走，洲状弦月，美称月洲之地，缔造了千年栖息的故园。

月洲科甲连绵，充满文气。张氏兄弟栖居月洲后，如同多年生植

145

物，并非立马勃发，见得花开花艳。他们日出而作，日落而息，过着与其他族姓一样的生活。100多年后，传至第六代，才结出一颗像样的果子。"蛰龙潭里蛰，潭上风波急。一旦飞上天，鱼虾不相及。"七岁不语的张沃，不鸣则已，一鸣惊人，1024年他首开永泰科举先河，成为永阳大地有历史记载的第一位进士。此后，月洲科甲连绵，才人辈出，全村共走出1个状元，1个尚书，50个进士。"父子六人六进士六同朝，祖孙三代十八条官带"，抒写了"灵椿一株秀，丹桂五枝芳"的佳话。张肩孟便是那株"灵椿"，引得桂花香，书香隽永的月洲从此开启。传说一夜张肩孟梦见神人告之："君看异日擎龙手，尽是寒光阁上人。"于是，用来读书的阁楼，便取名"寒光阁"。寒光阁的矗立，是希望的寄托，也是前行的动力。从此，寒光阁书声不绝，"雪洞"苦读成景，连空气都飘荡着文气。

月洲"两张"文化名扬四方。张沃金榜题名的同年，偏隅一方的小山村，神人张圣君诞生。他生于月洲，出家于方壶岩，得道于闽清金沙堂。其幼时，遇仙吃桃获得法力，长大后，广修功德，唤云遮日，修桥铺路，犁耕九十九丘田，智斗五通鬼等。挟护危济困之柔情，持惩恶扬善之情怀，广施悬壶济世之善举，为人敬仰，成道教闽山派真人。羽化成仙后，膜拜圣君之风日盛，由闽中扩及东南亚，成为闽台最大的农业神。

谁也讲不清这是机缘巧合，还是应了"地灵人杰"风水之说，时隔三代，大约70年的光阴，月洲另一脉又出了名垂青史的文人张元幹。他上承苏轼之豪放，下开辛弃疾雄奇刚健之风格，主张抗金铁骨铮铮，以掷地有声的语言，写下了两首《贺新郎》，词句大气磅礴，荡气回肠。其慷慨激昂早已沉淀成文化底色，融进我们的血液里。毛泽东悲郁时，对其诗词百听不厌。周恩来称赞其为福建的榜样人物，是著名的爱国词人，也是南宋理学宗师。

月洲是南方张氏的重要发源地。由此衍生的后代超过 300 多万人。除了福建和境内的永泰，还分布于广东、台湾、东南亚一带。据说，宋亡，元为了剿灭张元幹遗风，血腥屠杀月洲张氏族人，张氏恐惧，渴求宁静，纷纷逃离家园。其他族姓借机而入，留下如今月洲十八姓的繁杂。此后，千百年来，月洲张氏人口一直保持着多不过五六百人，如同杯满必溢定律一般。

徜徉在桃花溪栈道，芦苇拱拥，诗意盎然，清新含蓄的景致如一缕微风由远而近扑面而来，从古至今的历史也似一卷古书徐徐展开。不曾细致地度量月洲的风物人情，已然跌进翻腾的岁月河流里，只有穿过千年的烟雨时光，才能彻底触摸那些镂进月洲山水的故事。看，宁远庄，"宁为张公所短，勿为刑法所加"，闪耀着乡邻拥戴庄主人张谦的人性光芒。他把乐善好施筑进土墙里，包容正直架在屋宇上，成为后人的精神风向标，巍然地矗立在月洲高地。因岁月风雨，它在寂寞中坍塌，又在荒废中崛起。它宠辱不惊，傲居山巅，赏读着"谁把玉环分两半，半沉沧海半浮空"的精妙，看桃园胜景，见月洲衰兴。

远去的已然走近，历史像一面锈蚀的铜镜，遥挂在月洲村的窗前，在锐利的时光里，呈现出沧桑的倒影。溪边破落的发电站，像沾了寒光阁的灵气，摇身一变，书卷满屋，俨然一座文人墨客吟诗论道的殿堂。听潺潺流水，仿佛半月居老人对空长叹，抒发慷慨悲凉，经久不息。桃花溪、芦苇滩，词人的思念，无论走多远，内心永远装着它，没有什么可以更好地表达，他把毕生的胸臆，用家乡元素包裹，干净地收纳在《芦川集》《芦川归来集》里。还有摩崖石刻、圣君殿……从唐朝而来，穿越宋、元、明、清，染上怀古的色彩，把山村浸染成一卷舒缓的岁月，供万千的人们品读和端详。

在月洲，村口的"三仙树"，枝繁叶茂，品字相望，仿佛自然、信仰、科举的化身，凝聚成月洲文化名村的精髓。它植入无数从这里繁衍和怀揣某种信仰人的记忆。桃花、流水、沙洲、卵石、小道、雪洞、寒光阁……都是这里特有的元素，是浓浓的世味，它将煎熬成一碗茶，让来到月洲的人，第一眼爱上它。这茶，像月洲的山水、文化，明丽、悠长。

2019 年 7 月 9 日夜于月洲

遇见大喜

许多时候，来到一个地方不需要任何理由，抵达之后，都愿意相信一种叫缘分的说法。

二十多年前，在"远学美岭，近学大喜"的口号声中，一个名不见经传的小山村，以文字材料的形式映入我的眼帘，那种虚幻感就像儿时反复唱读"我爱北京天安门"而产生的未见真容却有硬生生植入大脑的概念符号一样。这是大喜留给我最初的感知。

后来调到乡下工作，那块立在203省道嵩口镇白湾段书写"大喜"二字的路标，一周与我有了两次的邂逅。无缘对面不相识，似乎是某些不可思议的理由。"大喜"二字，就像路边店拉客的姑娘，在那热情地召唤了16年，终究没有把我引入，但"大喜"的概念开始具象起来，我认识了它的方位。

2015年立春前夕，我终于满腔热情地牵手大喜这位遭我几度冷落而又突然被我念挂的佳人。看腻了涂脂抹粉的艳俗，大喜的质朴和清纯，撩得我怦然心动。刹那，我沉迷陶醉了。

顺着路标的箭头，从203省道折向大喜村道，平行于峡谷的山腰水泥路不断向前延伸。峡谷两旁满目苍翠，茂密的植被使得行驶于山道的小汽车仿佛跳跃于林荫的小鹿般时隐时现。山高林密，那荒凉让我怀疑走错了路。迟疑间，一辆从深处驶来的摩托车，让发毛的内心坚定了远方村庄的存在。

山路按同样的宽度继续蜿蜒，伴行的山势像村姑的臂弯，由拘谨变得舒展慢慢张开。远远望去，一条大坝，拦住了远眺的视野。升腾的山雾，漂浮在山峦间，在光的照射下，不断变幻着光怪陆离的景象。雾霭衬着墨绿的群山，像一幅在青山碧野间铺展开来的山水画卷。坝前的小山岗被造型各异的苍松簇拥着，似乎为望不见的坝内景色而凝眸聚焦。站在坝上，放眼望去，豁然开朗。一路走来，狭窄的峡谷，突然变得舒展开阔。一湖碧水居在村中央，收映着长天白云，荡漾着挺拔峰峦，水面宽阔，你不管站在哪一个位置，尽可感受在水一方的美妙。湖水把山脚下的农舍拢在了同一平面上，与盛开的灿白如雪的梅花交相辉映，迷离间仿佛坠入陶渊明笔下的桃源胜境。

群山环抱，白云蓝天。村庄四周黄墙黛瓦的房舍是那么的宁谧平静，那么的不与世争——一幅定格的水墨画，画中的烟云不会消散，画中的时光不会流转。慕名前来，抑或不期而遇的人，定会忍不住思索——这远离车马喧嚣的地方，是否也隐藏了人间最平凡的故事？

村庄里很难看到年轻人。店铺的大门敞开着，同行的朋友想买点充饥的食品，唤了许久，从旁边的门户里才探出一个头来。这里演绎着"夜不闭户，路不拾遗"的安详，似乎从来如此。想了解一些村庄珍藏的秘密，因为遇到的人不是语言不通，就是表达不清，只好把猜测留给了自己。

终于，村里有一朱姓老人为我解开了秘密。拓荒的先祖，为躲避战乱和兵匪，渴望寻个僻静安宁，可供安身立命的地方，遂携家带眷，顺着峡谷，攀爬于崖石和丛林。山穷水尽，正是惶恐时，眼前一片开阔，梦都不敢想的惬意，居然在面前呈现。愿望不期而至，心花怒放的他们，不禁仰天高呼："天赐啊，大喜！大喜啊！"定居后，先人便称此为"大喜"。后来，在附近又开发出一个小村落，被称为"小喜"。

从古至今，为了寻得安宁，多少仁人志士，甘愿舍弃都市繁华，携家带口，隐居田园。守着简朴的柴门，修几径篱笆，看三两桃李争艳吐芳；或荷锄在田埂间，牵一头黄牛，遥看天边的晚霞。乡村的宁静是造物主的安排，大喜留驻了 11 个姓氏，繁衍了 600 多人，村人围着一湖山水，和谐共处，履行着与生俱来不可言说的宿命。

大喜又名特喜，由大喜、岩富、陈坑三个自然村组成。传说，明朝年间，陈坑曾是学霸村。朱氏家族，一家三兄弟包揽进士前三甲，因小弟欲把状元位让给大哥，惊动了朝廷，皇帝派人堪舆风水，在送回绘制的凤形图上，画上一道红线，正欲起飞的凤凰，翅断戟折，从此留下一个凄美而哀伤的故事。

立春前后，梅花、李花相继绽放。虽是春寒料峭，流动的风还透着冷，当你踏入大喜，将生命交付给乡间素朴的山水，那房前屋后，田野山头，一片清香的花白，便把村庄连同周围的青山点亮。素洁淡雅的花朵汇成花的海洋，青瓦白墙的民居古屋点染其间，倒映在蔚蓝的湖水中，微风吹拂，水纹荡漾出灵动的魅力。每一个来到大喜的人，若有幸遇上包围着整个村庄的芳菲花海，一定会抵达梦里的故乡。

大喜的村落依山傍水。村前是哺育生命，并创造财富的水库。湖面散发着岁月的宁静和沉香，提起这个赐予大喜鲜活的水，便有让人说不完的故事：水库始建于 20 世纪 70 年代，坝高 22 米，蓄水面积 2300 亩，蓄水量 222.4 万立方米；利用水库发电，大喜办起了竹木厂，产品销售海内外，企业效益远近闻名。以"农副结合，畜牧并举"的大喜，建电站、造林、种橘子，村民收入不断增加。在缺衣少食年代，大喜村民粮仓有谷子，口袋有钱花，日子过得悠然自在，大喜成了许多人追逐的梦园。物质生活有了保障，他们也注重精神生活的追求：村里建有电影院，创办文艺队，举办夜校，是远近闻名的明星村。

水库的湖底位置曾经有过一座寨，俗称大喜寨。因为村里有两个寨，此寨地势较低，被称为下寨。大喜的两座寨，都被兵匪头目陈梅芳占领，上寨作为指挥部，下寨驻扎部队。陈梅芳以此为据点，苛捐杂税、烧杀抢掠、作奸犯科，残害民众，1918年11月，蒋介石部队路过此地，清剿陈梅芳，这下寨就被用榴弹炮炸塌了。

湖水一如从前得澄澈，就像大喜人寻常的日子，波澜不惊。湖水除了灵动那里的山和水，坝底流淌的每一泓清澈，也滋养着嵩口千年古镇的繁华。

村庄的房屋也留存着闽中建筑素朴典雅的风格，房舍多为土木结构，注重依山面水，南北朝向。不管站在村庄的哪一方向，这古朴的错落有致的房舍，成了曾经的村民展示存在、表露喜悦的最好注脚。被岁月染霜的老宅，吸引人们想敲开它的门扉，打开一段大喜往事。错落在湖边、山腰的民房老屋，虽然多是人去楼空而显得荒凉，但也因花果叶树的精彩点缀，而丝毫不逊于精美的画面。

漫步于湖边农舍前的村道，不期然与供销社、礼堂、老人活动中心相遇。在大喜，礼堂是20世纪特殊年代大喜乡亲的精神寓所，是晾晒在村庄里的一幅古画，仿佛再现当年乡亲对精神食粮岁岁年年的渴望和等待。走出大喜或走进大喜的人，只要经历过那个文化生活匮乏年代，稍微碰触这礼堂，那相同的记忆会抖落成一地的感动。

这个美丽的乡村，太多的风景令人流连：可以选择去大喜峡谷，让奔流的清涧洗去心间最后一抹浮华；也可以从攀岩越涧艰难中，悟得付出与收获关系的朴素道理；还可以在山间溪涧与飞越的大雁对话，衔一缕乡村的炊烟，踏梦而飞。

染过大喜的白云清风，此后的人生哪怕千回百转，这段缘分也不能轻易抹去。一剪闲云似乎望见故乡的溪月，一程山水如同误入桃源胜景的浪漫，一弯碧水揽着群山的画面，恰似世间最美山水画卷的铺展！

谁见了这样美景不会从内心感激上苍的恩赐"遇见大喜"！

2019年7月23日深夜

壁上里洋

到里洋之前，它以"偏僻、原始、边界、匪窝"等印象嵌入我的大脑。

过了大喜，前往里洋的路还有 20 里，沿途山高林密，僻静荒凉，车子在树梢里出没爬升。接近村庄时，好不容易见到一户人家，它却遥挂在对岸山腰的丛林深处。古朴的农舍，翠绿的背景，飘渺的山雾，织成了一幅诗意盎然的画卷。车里的好摄者异口同声"停车"，都想把美景定格成永恒。兴奋之情，不亚于松林中寻找麻菇的山民得到意外收获的喜悦，收藏里洋的美丽从这悄然开始。

绕过一丛高大的树木，道路蜿蜒到了村口，抬头虽然还看不到村庄，凭感觉，车子已驶到了尽头。一路逶迤平行延伸的两列山脉，在这里慢慢收紧，并拢合聚成了山峰。疑惑间，村口一位老人告诉我："里洋村到了，就在前面。"

转过一个小弯，上了一道斜坡，坡道尽头一座座蒙着岁月尘埃的古民居，赫然"张贴"在眼前，静默在苍烟夕照下，显得古朴、甚至有点沧桑。凝望着斑驳的色调，历史的沉香仿佛从眼前漫溢而来。沿着水渠边的小径往里走，半圆型路径两旁的房舍，或依壁而立，或翘岩而存。视野所及，巍峨的山峰像一扇高大的屏风，拦住了峡谷的延伸，成了里洋村庄的主体。

峭壁上挺拔的房舍，有一种直冲云霄的高旷力量，用沉默的方式丈量着里洋文化的坚毅与顽强。踏上通往各户民居用石头铺成的小径，迎面仿佛飘荡着拓荒者筚路蓝缕的回音，令人探究，催人揭秘。

那被年轮风蚀的门环，冥冥中见证着村庄从无到有，从有到旺，从旺转微的轨迹。立于盘山石径，沉思着"拓荒"与"弃荒"的因果关系。

房舍依山而建，错落在山壁上，层层叠叠仿佛向天伸展。山坳里土木、砖木结构的房舍，各自按照主人的意愿，选择暖阳、添丁、生财的风水宝地，肆意地铺展着他们的创意与任性。透过斜阳的炊烟，透迤成群的房舍，迷离之间总觉得似曾相识，又似乎很遥远。一种怀旧的气息，裹着一幅浸染过岁月尘埃的水墨壁画，扑面而来。感动之余，有谁不想剥开它潜藏在年轮深处的秘语？

154

像内地人向往海洋一样，九寨沟把大大小小的湖、塘、池、泊命名成"海"。先民希望栖息于平坦的，甚至是广阔的天地，便把内心的愿望寄托给了地名，把略微平阔地称为了"洋"。也许，这地处偏僻崎岖的"里洋"，是到了山穷水尽处，便被冠了个"里"字。

就因为这个"里"字，里洋文化多了许多传奇色彩。1918 年 11月 6 日，蒋介石路过梧桐镇白杜村时，与总部设在里洋的陈梅芳土匪进行了交战。由于蒋低估了对手，再加上武器没有优势，人生地不熟，在永泰吃了个败仗。意外的打击，给蒋介石上了一堂一生难以忘却的课，也让他记住了"里洋"的名字。

俗话说"狡兔三窟"。陈梅芳据点有三：大喜下寨（今淹没于水库之中，水枯时依然可见轮廓）驻扎部队，上寨是指挥作战机关，里洋为其老巢。其中的里洋是最后一道防线，也是最隐秘的指挥所。陈梅芳被十九路军封为团长后，带回两把手枪，举行庆典，另立山头，招兵买马，苛捐杂税，残害民众。

据 80 岁的朱朝炳先生介绍：自从大喜下寨被蒋介石用榴弹炮轰倒"左耳"后，陈梅芳就退回里洋保存实力。陈梅芳生性暴戾，六亲不认，回到里洋继续作恶，残害村民。朱家全是陈梅芳的秘书，他有个 8 岁的孩子，由于天冷用火笼取暖不慎失火，陈梅芳因此生恨，抓来秘书的父母，把其母溺水残害，后来又奸污其妻子，最后把全家 5 口全部杀害。

陈梅芳苛捐杂税手段残忍。除了自己私设税馆强征外，还到处抓人勒索。最惨的可算陈吓油，抓回后，用木头绑住他的双脚，羁押在阴暗的房间里，摧残身心。寒冬的一天，陈梅芳在屋外晒太阳，其他兵丁出外勒索去了，身强力壮的陈吓油挣脱了手脚束缚，冲出门外用柴刀劈坏了陈梅芳的脑袋，从此，陈梅芳落得个残疾。陈梅芳的匪兵到 1933 年，穷途末路之际才解散了部队。

里洋既是匪巢，又是先民避匪的天堂。村落的正前方是一岭巍峨的山脉，密不透风的丛林，把它从头到脚裹得严严实实，无人逾越的原始，顺理成章地成了地理分界线。由于三面山高林密，人烟荒芜，兵荒马乱的岁月，这里成了安身立命的最佳去处。拓荒的先民，就是从对面山麓下的仙游，披荆斩棘迁徙而来。

这里的姓氏宗族繁杂，依此可以回溯当时先民逃荒避难的情景。不拘姓氏，不问何来，为了求生，他们走到了一起。来到这里的先民，心有灵犀地遵从着"爱天主在万人之上，爱人如己"的信仰理念，把无尽的忧愁与希望，寄托给了拯救心灵苦难的天主。从此，里洋成了信奉天主教人的乐园。蒙尘的天主教堂，见证了迁徙于此不同姓氏和谐共生合力构筑家园的心灵救赎历程。

拓荒先民如何结缘于此，没有人讲得清楚。村里的老主任陈诸党告诉我，祖先在此安生立命繁衍至今，已有十三代，三百年左右。这个以层叠垒构为特征的小山坳，鼎盛时有 50 多户 400 多人口，学校、店铺、教堂一应俱全。如今走进路边的房舍，许多农户生活设施依然完好，但走廊上的苔藓，台阶间的野草似乎告诉人们，村庄已人去楼空，连老带痴的八九个人，衬着蒙尘歪斜的老屋，留下死寂一般的荒凉。

俯瞰山坳，那些沉睡在夕阳下的古民居带着朦胧的醉态，好似浓郁的水墨，缭绕在风烟中化也化不开。墨色的瓦，黄色的墙，碳色的木屋是闽中民宅质朴的灵魂。它不施粉黛，黑得坚决，黄得透彻，以朴素的大美，平和的姿态，掩映自然风采，融入生活百态，静静地搁置在清雅如画的秀水灵山中。

目光穿透与村庄存在同样久远矗立在村头的树木枝叶，跳跃的思绪在瞬间凝固。于熙攘的街市走来，里洋的原始是一种生态，里洋的古朴是一种文化。保存也是在传承，特色即是潜质。它不再是挂在荒凉偏僻山野上的一幅画，而是一个顽强求生的群落的典型标本，在我们沐浴盛世太平时，这个标本将备受瞩目，众所追寻。

于是，壁上里洋，不管以何种元素融入人们的脑海，它注定在芸芸众生中留下清净明丽的涟漪。

古城留痕

人事有代谢，往来成古今，作为一个历史文化名县，永阳走出了熙来攘往、灿若星辰的历史名人，作者为永阳代言，为他们立传，其实也暗含了一份对自己的期许。这，便是他的"乡愁"。

巷陌春秋

　　说起永泰，总会让人想起永阳古城，想起象征着古城骨骼肌理的巷陌，想起巷陌里走出的人物和积累的深厚文化。这里是古城的核心，它用纵横的巷道撑开城的轮廓。这里是樟城的最早记忆，也是史志描述古城最繁华的街区。

　　新安巷、后街、登高路、虹井街、老蛇弄、上马巷、虹井巷……一连串名字，有如一条条通向过往的长廊，存储着流年的印记。巷内没有鲜衣怒马的热烈，有的是陌上散发出的光阴味道，瘦长幽巷里回荡的流年声息。

新安巷

　　都说新安巷是永阳古城最古老、最繁华的街道。巷口立着牌坊，标识着古城的起点。新立的牌坊上，写着"永阳古城"四个大字，有意无意地提醒过往的人们，巷子里的光阴很漫长，漫长得可以从现在穿越回唐朝。

　　当我踩着柔软的光阴走进新安巷，目之所及，屋舍、庙宇、水井、基石、石板路似乎都藏满昨天的故事，任何一个转身或回眸，皆可让人跌入巷子里某段遥远的回忆。一善堂、梁岩老宅、林氏宗祠、新安井像是岁月记事的结绳，让曾经错过的人和不曾邂逅的人，可以共同读取蛰居巷子里的先民谋求安身立命的符号密码。

　　走进一善堂，昏暗的光线衬托着某种神秘，供奉着的八将军各执神器，恪尽职守，守护着一方子民。神像在烛光摇曳中或明或暗，萦绕的香雾弥漫着信仰。这里的城隍曾显圣救驾，这里的物像见证人间沧桑。这里寄托着子民心灵救赎，也安抚人们珍惜眼前的每份安逸。这样敬神尊佛的庙堂散布在古城的各条巷道：东皋巷观音亭、虹井街大圣庙、21 层崎仰止楼、衙门内文庙、浮头尾天后宫、坪街顶重光寺。

它们的布局，就像分兵把口的岗哨，守护着城民平安，也祈愿城民耕读传家，光宗耀祖。这是先民从筑巢安生立命开始，就带着信仰落地的，寄托着希冀，书写着追求，是巷道里最早的文化符号。

这里的老宅低矮密集，姓氏繁杂，多时有十几个。巷里林氏祠、厝显眼，两座老宅，占据着最繁华的不同位置，林氏旺盛窥见一斑。当然，不远处还有柯家大院、张家大宅。老宅修旧如旧，门庭台阶泛着古韵，只有门后院里滋长的青苔和岁月浸染过的基石以及剥落的墙体，才透着满满的明朝气息。基石的缝隙里，挤出了陈年藤蔓，春荣冬枯的轮回，包卷的永远是流年无法淡去的记忆。

一善堂的西侧有座梁岩老宅，老宅主人于靖康年间辅佐尚书，奉使赴金，被囚破庙，威武不能屈，富贵不能淫，破墙而逃，留下"日伏草莽，夜望星斗，全节而归"的佳话。巷子往里延伸，拐弯处立着一尊柯熙石像，石像目光如炬，刚毅有神，似乎注视着曾经的过往，对巷子走出的黄龟年、林大有、鄢俊、陈表臣等一代风流，投以期许和赞赏的目光。

巷子的"新安井"，诠释着"井屋有烟起"的安详。井水汩汩清澈，仍可沿用。井栏石砌、四方，文字记载清晰可见。井成为巷子最有诗意的地方，在炊烟升腾的傍晚，夕阳洒向挑担的人们，调皮的小孩追着水桶，用竹条敲打发出的响声，与咯咯不止的笑声交融，回荡在巷子里，就像两种乐器配合的音响，连生硬的石板路都被激活。或是那个雨天披着一身蓑衣的老人，肩背一捆湿淋淋的柴火，在井旁停下，用木瓢舀起雨水碎打井面上的涟漪，又像一幅飘渺在雨中的水墨画。

巷子的画面很温馨，但也有过悲伤——明嘉靖三十八年（1559年）五月，倭寇攻县，巷子里哭喊一片，县令周焕偕乡绅义士黄楷、林居美、林大有、林槐、谢介夫、黄浩、张麟等坚守南门，城破血战至死，县令被肢解在新安井，留下古巷此去经久的悲叹。

巷道的石块被岁月磨得光滑油亮，几近倾圮的屋舍整修后古韵盎然。巷子里没有浮华的繁弦急管，而是一片恬然的市井烟火：功夫煲煲、猪肚鸡、文化创意空间、一点文旅、青年志愿者工作站、酒吧、花店等沿巷而立。我几乎可以从褐红色的石板路缝隙里，闻到永阳风情熟悉的气息。

古城曾经的楼台亭榭，俱已消失，但新安巷两侧依旧保存着不同年代的建筑。洁净的青砖黛瓦，旧式的木质门窗，屋顶上的马头墙，象征门户殷实庄重的门庭，都成了陈列巷道两侧古韵明澈的物象，与现代的街区喧嚣隔了一道音墙，将世俗的尘埃过滤干净。

北后街

古城的巷道依山顺势铺展，呈不规则井字排列四方通达。从鹤皋巷进，穿过老蛇弄，与后街相接。后街实则为巷，与新安巷垂直。这里曾一度繁华，有布店、米店，食品杂货、打铁、理发，样样俱全。邑人曾将其与"三坊七巷"的南后街并称，曰："福州南后街，永福北后街。"因深入靠里，人们称之为后街。

如果说古巷是一册装帧古朴的怀旧书，撰写的是永阳古城最市井的生活，那么后街便是书页里现代清新的一笔：将新旧不一的路面铺上仿古块石，沿街的建筑重新粉饰，既保存着当年质朴的风骨，又增添时尚多彩的风情。意味着一段老去的岁月用情感修饰，不会失去原有的味道，而是温故而知新的美德。

行走在含蓄古旧的后街，我有一种人面桃花初相逢之感。坐落在两旁的屋舍，混杂着从唐建县到明清不同时期的老房子，每座都像一位阅历沧桑的老者，无声地倾诉者永阳古城的前世。张厝、林厝、柯厝（俗称三落厝）呈一字排开，昭示着风水宝地，见者有份、以求安居的众生百相。柯厝出过举人，与宋武状元柯熙同祖。柯熙是否得此灵气高中状元，说法不一，但柯熙乃永泰第一位武状元，千真万确。县志记载：永泰武术源远流长，柯熙高中状元后，习武之风更盛，随后江伯虎兄弟演绎了"兄状元、弟榜眼"的传奇。淳熙《三山志》记载，福州、闽侯一带考中武进士武举人的，多拜永泰人为师。想必，当年此巷挤满了拜师学武的高徒，肩挑手提拜师礼的场面热闹非凡，抒写着永泰武术之乡的脉络源流。

徜徉在后街，悬挂的灯笼，透着祥和温馨。亮白洁净的墙壁，衬着挂廊、门庭、翘脊黛瓦，使人恍如踏进明清的时空隧道。不时从哪一门庭走出的红衣女子，热烈了整条街巷。积满光阴的尘埃，从柱础、卷棚、镂刻的门窗拾回丢失的古韵。不经意间，在哪个拐弯转角处，撞见林绍苍、陈应魁、余潜仕一点也不觉得奇怪，他们号称"永阳三博士"，经常出没此街，推杯换盏，谈书论著，一切皆在情理之中。一代藏书家郑如霖、名儒张定远、画家柯祺为后街常客，是雅趣使然，亦是他们感悟感知的必经之路，因为，这里是通往景行书院的东大道。

登高巷

登高山是城中央的一座山，以它命名的还有一条巷。从后街延伸过来，与新安巷交叉，左巷就是登高巷。从登高巷拐入，浓郁的市井气息让人迷醉，一座座老屋像装满故事的老者，一旦打开话匣，就会激活老城的所有记忆。一张张迎面而过的笑脸，不知他们荡漾着哪种快乐。左侧的干氏私塾，想到了古人上学的幸福。私塾立在景行书院的门口，谁敢在孔夫子门前卖弄三字经？仰望老宅的门檐，褐木黛瓦仿佛为主人写下注解。相传老宅主人干全赋，从外地迁居永泰，因未落户，不得参加秀才考试，无奈的他，为了活计，在自家办起了私塾，无意中与书院打起了擂台。饱读博学的他，不负众望，教出了多位秀才。游弋在小巷闲适的风景中，有点文化情结的人，自觉或不自觉，都会征询巷里的人，眼前一砖一瓦的故事，希望历史的细节不在走马观花中掠过。

巷里的人告诉我，右侧是景行书院。永泰历来崇文重教，蔚为风气，明嘉靖以来多在此办学，这里成为永阳古城的文化核心区。永泰历史上出过 7 个状元，313 个进士。宋乾道年间，七年三状元，名动天下。当黄定高中状元喜报送来之时，时任县长喜不自禁，即兴赋诗："翀峰龟岭与龙屿，三处山川实在哉。相去之间不百里，七年三度状元来。"据县志记载，永泰立有 7 座状元坊，其中纪念联奎三状元的牌坊就在这里。倾圮的书院，凌乱的工地，因三状元坊的存在，多了几分底蕴和事实存在的依据。

景行书院周围，濡染着浓浓的文气，即使是一位小秀才，也不忘彰显博学和儒雅。这里有个被人称为"儒楼里"的书斋楼，布置得典雅温馨，"客到岂空谈四壁图书聊当酒，春来无别事一帘花语欲催诗。"对联衬托着斋主文心诗意的情怀。这里常聚集着文人，或瓦屋听雨，吟诗论道；或暖一壶清酒，说着小城故事，抒发文化滋养的快意。

巷道的前方是张氏祠堂，为张氏族人的聚居地，横跨在巷道的仰止楼，气势宏伟，藏着张氏族人对高山仰止的寄托。"仰止楼"为张氏族人所建，在景行书院门前悬挂"仰止"二字，除了对应"景行行止"外，无不希望子孙有如《诗》曰，"高山仰止，景行行止"，成为一个有文化修养，德行高尚之人。

穿过仰止楼，改造后的巷道，规整有序，屋舍修葺保留着古的意蕴，门庭上"世科里"镏金牌匾，有意无意地记述着这里曾经科甲蝉联，簪绂弗替，人文蔚起的辉煌。在"世科里"看人文，从"世科"二字中听故事，便是世科人的骄傲：此张乃月洲一脉，张睦七世孙张佑之自迁至登高山，与月洲一样丁贵俱全，代有科举，出状元1名，进士6名，举人16名，有"状元一代开基，解元世科继踵"之誉。科甲连绵的张氏族亲，被人仰望，建世科坊于南门十字街，把张氏族人聚居地称为"世科里"。

驻足仰望张氏祖祠主堂前的"名世德堂"匾额，我在缓慢的时光里感受到了人生的仓促，登高士子，乃至永阳的文武豪杰，无不流连在这风水宝地的老巷，或沾沾文气，或听一席鸿儒之笑。我携着嘈杂与繁华无端地闯入这样恬淡的巷子和老屋，和这里留守的人一起享受时光带来的宁静，讲述着永阳老城的故事，聆听巷里传来的脚步声。

穿过垂直巷道，去领略另一个归属登高山传奇。走进郑厝，门上悬挂着"郑府"二字正楷匾额，门廊、穿斗、天井、图案、彩绘，充溢着清初建筑气韵。大厅上悬着"带草堂"匾额，流传先祖郑玄以带草捆扎书籍、穷而好学的动人故事。郑厝原为邓会府居，主人曾任山西太原知府，此后因何被郑氏购得，无文字考证。其后裔邓拓夫人曾因福州邓家建祠，派人来此搜集邓会资料，邓拓一脉源于登高山便确定无疑。邓府变郑厝，流转的是光阴，诠释的是金榜题名、飞黄腾达、远走高飞的人性定律。

虹井巷

虹井让人遐想，井名又作为巷名，故事就像它的名字，充满色彩。有人说徜徉在虹井巷，恍如步入宫廷看内斗，弥漫着正不压邪的忧愁。虹井巷犹如雨后初霁，清风阵阵，满地清香，留存着从宋代延续而来的韵味。虹井位于古城北，宋侍御黄龟年宅旁。《永福县志》载："龟年始生时，虹饮于井，故名。井水清冽，为全城冠。"虹井原称方井，筑千年有余。黄龟年出生时，有彩虹直贯井口，如龙吸水，景撼黄家，感其异者的黄家人，遂将院子围墙拆去一角，与邻里共享井水，并更名其井为"虹井"。此后，黄龟年才华出众，考中进士，得宰相吕颐浩赏识，召为太常博士，历任吏部员外郎、监察御史、尚书左司员外郎等职。黄龟年为官清廉，不畏权贵，金兵入侵，朝廷主战、主和两派纷争，龟年主战，四次弹劾秦桧，其铁骨铮铮的气概，文天祥称其为"可与日月争光"。彩虹贯井，应了其刚直不阿、气贯长虹的先兆。

尽管多么的不情愿，可是汴京沦陷，面对命运淹煎，黄龟年只能将浮名抛远，归醉永阳，落魄故里。他不似战将勇，虽然梦碎临安，却依然履起居舍人责，手帕醮墨写赋文，词语铿锵，书法高古，留名臣典范；又不似陶潜，历经宦海浮沉，彻底归隐原籍，独守青山，与天地永恒。当年的彩虹贯透井水，他化虹井之水滋养人间。

浮云流转千年，那一段永阳往事，已是风烟俱净。四孔相通的井眼依然映着蓝天，井口周围的地面不再原始，咫尺之隔的基石，褐白交替，沉淀着岁月光阴的色调。这里宁静淡远，却清雅隔尘，俨然是失意者灵魂的故乡。当年黄选金榜高中，缔造了虹井巷地灵人杰的神话。据"虹井"进士谱记载：自宋元丰二年（1079 年）至政和二年（1112 年）33 年间，共出进士 8 位，皆为黄氏子弟，写下永阳古城书香隽永动人篇章。

都说樟城是一座遍地温柔的小城，深入古城巷陌，你依然被想象不到的感动填满。走过不曾轻易到达的小巷，你会因自己的错失而后

悔。轻轻转身，我已明白，永阳古城登高山街区的大小巷子，关注的
是一个城市古往今来的记忆，开启的却是万千过客摇曳缤纷的人生。

2019 年 3 月 21 日

百里梅花香雪海

永泰是秀美清新静好的。很多人说，看到"永泰"两字，心中就会升起一片祥和。

永泰的山是青的、水是绿的、空气是甜的。境内山奇水秀、生态良好，看山、戏水、吸空气是无数人对永泰向往的理由。

永泰，美在四季。山川、溪流、瀑布、草场构成永泰地貌的气质和特征，无论是踏青、消夏、揽秋、品冬，只要你浸入其中，皆可沐浴满心的快乐。在这古老的土地上，春季李花白，夏季瓜果脆，秋季柿饼香，冬季雪梅芬，记录着永泰四季的表情。

冬季梅花盛开的日子，永泰的山野最磅礴、惊艳、震撼、撩人。每年此时，赏花者、摄影人从四面八方蜂拥而至，沉醉其中，流连忘返。

永泰有"中国李梅之乡"美誉，广植李梅树最早的记录是明嘉靖三十七年（1558年），至今有四百多年历史。到如今，全县种植李梅20万亩，规模居全国县份之首，可谓"有乡必有李，无梅不成乡"。

每年元旦前后，当你进入永泰，不管走省道，还是高速公路，抑或沿大樟溪逆流而上，皆可感受梅花簇拥的浪漫。从田园到水边，从山脚到山顶，从沿溪到高山，从公园到村庄，雪白的梅花，犹如一个个藏匿于绿丛中的小雪人，和着时令的节拍，探头探脑地不断呈现。大樟溪沿岸尤为壮观，弥漫花白的山峦、坡地，如哈达披身，似玉带缠腰；簇拥着一团团雪白的山谷，如江河奔腾，气势磅礴。水边一簇簇迎风招展的梅花，与水雾相糅，融成轻纱缥缈的曼妙。南方罕见雪的人，把梅花的白幻化为雪的激动，禁不住放声高呼："下雪啦！"寂寥的山野，似乎在冬眠中被唤醒，持续吐白的蓬勃，焕发出无穷的生机，预示着斗罢严寒再迎春的意志和决心。

永泰梅花，老树新花，年年不同。远看一片洁白，近看花萼有的绿，有的红；花蕊为淡黄色，在阳光照射下，晶莹剔透，鲜嫩可人。花丛中蜜蜂飞舞，芬芳弥漫，清风拂来，花瓣纷飞，如雪花飘落，满地洁白馨香。不管你是路过，还是与梅花相约永泰，都会因置身花海而兴奋，为凌寒绽放所感动。你若有缘，请得三五老友，在梅林中煮茶品茗，茶杯中盛入的随风飘落的花瓣，会在无声中洇开梅的韵味，沁人心脾。

梅花高洁、坚强、美丽、有傲骨。古往今来，文人墨客写梅咏梅层出不穷。"寒夜客来茶当酒，竹炉汤沸火初红。寻常一样窗前月，才有梅花便不同。"宋朝杜耒诗人寒夜煮茶迎客，视一切过往为寻常，唯独钟情窗外月下梅花，诗兴大发，记录生命与梅的情结。清代吴淇："奇香异色著林端，百十年来忽兴阑。尽把精华收拾去，止留骨格与人看。"道出了年年花相似，岁岁人不同，看似梅花淡，依然对着老梅发幽叹的情怀。爱梅者众，宋代张道洽堪称一绝。梅花盛开日子，他整天沉迷于梅林，哪怕是一时半会儿的别离，都觉得失落。为了弥补居家不见梅的缺憾，便摘几支插在瓶子里，写下《瓶梅》颂："寒水一瓶春数枝，清香不减小溪时。横斜竹底无人见，莫与微云淡月知。"咏梅者别出心裁，有人为颜色而诗。苏东坡的《红梅》："年年芳信负红梅，江畔垂垂又欲开。"王冕的《墨梅》："我家洗砚池边树，朵朵花开淡墨痕。"《白梅》："冰雪林中著此身，不同桃李混芳尘。"有人针对花期早晚作诗：柳宗元绘《早梅》，曹彦约叹《晚梅》。萧德藻的《古梅》和白居易的《新栽梅》却又关注梅的树龄。连栽种地点不同，诗人也能赋予梅精神内涵，如王适的《江上梅》、冯子振的《西湖梅》等。梅花因诗人而歌，凌寒争放愈显其冰清玉洁。

永泰盛产梅，梅花是永泰人最熟悉的花。自古以来，永泰文人雅士钟爱梅花，从精神到品格，从外表到内涵，品赏梅花，留下许多脍炙人口的诗句。永泰著名诗人卢钺（卢梅坡）有《雪梅》诗："梅雪争春未肯降，骚人搁笔费评章。梅须逊雪三分白，雪却输梅一段香。"借雪梅争春，写出雪与梅的情趣和理趣。寓理于诗，警醒人生：人各有所长，也各有所短，要有自知之明。他酷爱雪梅意境，另有一首："有梅无雪不精神，有雪无诗俗了人。日暮诗成天又雪，与梅并作十分春。"淋漓尽致地表现了诗人不惧寒冷，傲然独立的人格魅力。不管你是俗人，还是雅士，陷入梅花丛中，你已得到了洗礼！

文人墨客见花抒情，英雄豪杰配梅论道。曹操"青梅煮酒论英雄"成就了一段千古佳话。永泰也有以梅抒写人生的隐君子：南宋理学家、教育家林学蒙，他与弟跟随朱熹研学，学有所得，做了大量学习笔记，朱鉴（朱熹孙子）整理汇编《朱文公易说》采用了其许多原始资料。庆元年间（1195—1200年），他与弟林学履归隐，在龙门滩建立书院开堂讲学。此间，他一边种梅赏花自娱，一边教书育人，引得爱梅者聚，吟诗作赋。著有《梅坞集》，今存有《梅花赋》和《西山赋》两篇，留下了与梅相伴余生的情缘佳话。

青梅树属蔷薇科李属植物，适合我国长江流域及其以南地区低山丘陵地带栽培。据《本草纲目》记载，"梅花开于冬而熟于夏，得木之全气"。青梅酸味，对人体有很大的作用，在日韩被称为"长寿果"，富含钙、铁、钠、锰等人体必须之营养元素，以及多种有机酸，是一种能防止体液酸化的碱性食品。随着科技进步，它被深加工成各种各样的梅果、梅酱、青梅酒、青梅汁等，在保健方面，有生津止渴、健胃消食、刺激食欲、抗衰老等作用。在药用方面，乌梅汤是治疗回厥症的代表方剂。

在永泰，之所以"无梅不成乡"，是因为青梅果给果农带来了稳定的收入。靠山吃山，发展林果经济，历届政府予以倡导。2000 年左右，县委、县政府出台扶持种植青梅政策，全县增加青梅园三万亩，许多果农从扩大规模中增加收益。20 世纪 80 年代末至 90 年代，青梅果价格一路飙升，好的年份，每百斤销价 700 多元，居多年份 200 至 300 元间，青梅果成了黄金果。人们兴奋之余，在太原村竖起了"中国青梅第一村"牌子，并建起了交易市场。在那收入还不高的年代，太原村果农栽几棵青梅树，就可以购买一辆摩托车，家家户户因青梅增加收入，盖起了小洋楼，过上红火的日子。

永泰的梅除了良好的经济效益，近年来，日益红火的赏梅观花热，也产生了巨大的社会宣传效益。喜欢赏梅，到永泰是最佳的选择。梅园主要分布于塘前、葛岭、城峰、岭路、赤锡、梧桐、嵩口等地。其中葛岭镇溪洋、万石村，城峰镇太原、高峰、石圳村，岭路乡潭后村是最佳的观赏点。青梅分早、中、晚品种，由于海拔和气候不同，花期前后达两个多月，只要是花期，不管在高山或沿溪，皆能观赏到不同韵味的梅景。

赏花可近看，而远观更有气势。放眼望去，片片梅林，点缀青山，环绕碧水，令人缱绻。房前屋后，如雪寒梅，在黑瓦老墙衬托下，别有一番风情。千山染白，画面逶迤；循水而延，顺山而升。东西百里，花香雪海，美哉永泰！

百年樟城话沧桑

站在一个地方，任大浪淘沙，凭风云变幻，你能想象百年后的变化吗？

站在一个地方，穿越时光的隧道，再现百年前景象，你又有何种的思绪与感慨呢？

美国传教会牧师伊芳廷摄于 1912 年的"樟城全景图"，让我惊喜，让我沉思！

这张收藏在美国耶鲁大学图书馆的珍贵照片，为那时不具备用光影技术留住记忆的永泰人，留下了家园的珍贵印记，流转到百年后的今天，给予我们当年国弱民穷的心灵震撼。

面对时序更迭，山河易容，杜甫"人生有情泪沾臆，江水江花岂终极"的感叹，我在重走伊芳廷当年拍摄地的瞬间，与之产生了强烈的共鸣。大樟溪的水依然奔流不息，"逝者如斯夫"，变迁的樟城，见证了多少人间悲欢？穿越百年前的照片，去寻找它的答案吧！

照片很老，阅历浅的人，很难辨认出那是如今的樟城。照片的中央，是千年不竭的大樟溪。透过汩汩的流水，我们依然可以想象，它时而欢快、时而静默，以不同的姿势，历滩过濑，自西向东，生生不息。

大樟溪的岸边，蛰伏着一大片低矮、错乱的民房，它们相依相偎着，那萎靡的气色与照片上拖着长辫子的人苦瓜脸一样灰暗。那些屋檐棱角稍微分明的建筑，是敬拜海神的妈祖庙，和供奉祖宗灵位的祠堂。

那道跨越大樟溪的浮桥依稀可见。它贴近水面，依靠小船作为支撑，船上搭建木料，连成跨溪的通道桥面，这就是后来人们把此地称之为"浮头尾"的缘故。临近岸边的沙湾街，成了当时县城最繁华的街道。照片的右下角，一棵茂盛的樟树巍然矗立，高大的树冠，墨绿的叶子，凸显醒目，成为一道风景和地理标志。如今，这棵樟树依然郁郁葱葱，只是旁边傍着许多现代建筑。想来，百年的春去秋来，樟城变迁，唯有它的年轮是最忠实的记忆。

照片的上半部，犹如一个不规则的圆圈，又似阿拉伯数字的"6"的轮廓，是当年的同仁学校校址。山坡上的两栋建筑，是后来的同仁中学和永泰一中莘莘学子魂牵梦萦的八角楼。周围的一片空旷地，分明是清杂后工地的范围，想来，这所伊芳廷创办的学校刚刚起步。

那时的樟城，与其说是一座城，不如说是大樟溪边的一个埠。城区位于大樟溪与清凉溪的汇合处，四面环山，城在山中，水绕城走，犹如一个半岛。县城的范围仅局限于半岛之内。现在的吉祥小区、泗州亭、塔山小区，皆因清凉溪和大樟溪分隔，芳草萋萋，偏僻荒凉。

百年前的县城，有点模样的街道，主要集中在大樟溪旁的沙湾街、坪街、南湖街、三池街、上坪路等地段。据县志记载，"解放前的鹤皋镇，主要居民区为沿大樟溪北岸一线，街道窄小破旧，建筑多为二层以下的土木结构。建国后扩建、改建了旧街道，开辟了许多新街道，使城内主要街道增至 17 条，同时修建了环城石板公路、水泥主街"。

那时的县城规模小，基础设施几近为零。发电照明发展得非常迟。县城居民多用"灯马"（桐油灯），贫困户则燃点竹篾、松明、旱竹子、山枥枣照明。20 世纪 30 年代，国外煤油输入，少数富裕人家才点上煤油灯。抗日战争时期煤油来源断绝，又恢复"灯马"照明。一直到了 1940 年，县城才有发电设备，白天用来碾米，晚上为部分商店和几十家居民照明。此后到了 1946 年，县城有人合伙开办火力发电厂，每晚发电五六个小时，装 120 多盏 15 瓦电灯，每盏月收费折大米 33 斤。在缺电的年代，每逢夏季来临，居民消暑纳凉，只能靠扇子解决，因此，学生每次照相留影，显摆一把蒲扇成为时髦。

新中国成立后，1951 年 1 月，县政府建成公营永泰火力发电厂，供机关、学校、商店和部分居民照明用电，主要街道开始装上路灯。1957 年 10 月，里岛水电站建成，装机容量 100 千瓦，全城所需照明用电基本才得到解决。此后，先后建起东风、芭蕉、东方红等水电站，并向城区供电。1983 年，城区建成容量为 1 万千伏安的 110 变电站，与古田溪水电站电路联网，进一步满足日益增长的城区工业用电和照明用电的需求。如今电力充足，全县装机容量达 22 万千瓦，"十一五"期间被评为全国电气化县。白云抽水蓄能电站装机容量 120 万千瓦，也即将建成供电。

说到电，不能不提到水。民国时期的县城，除了私立同仁初级中学铺铁管引山泉砌水池纳水，供 100 多名师生饮用外，沿溪商店居民多饮用溪水。其余大部分居民，在宅院邻里之间，多挖有水井，城内共有十多口水井，供居民饮用。如今县城南北水厂日供水量达 3 万多吨，满足家家户户洁净安全用水。

百年樟城，沧海桑田。透过百年前的照片，我们仿佛走进前后贯通的时光隧道，择其一二加以比较，也许只是皮毛，但依然令人震憾，感悟良深。

照片中的浮头尾浮桥，早已消失在历史的烟尘中，取而代之是宽阔的水泥桥。从 1958 年起，县城中心区不断往外拓展，先后建起了永泰大桥、人民大桥、北门桥、西门桥四座大桥。从新中国成立到 1958 年，把毗连的里岛、后垄、龙峰三个村划入城区。70 年代以后，城区范围又进一步扩展，跨越大樟溪和清凉溪，到达刘岐、汤洋、太平口等村，面积扩大到 6.75 平方公里。1998 年马洋大桥、2011 年刘岐大桥、2012 年樟树坂大桥的架设开通，城区范围拓展"三溪六岸"区域。如今，以老城区为中心，东扩到东门、马洋、外滩小区，西展至吉祥小区和樟树板、碧桂园小区，南进到世贸温泉小镇等商住区。随着向莆铁路的开通，以火车站为中心的南部新城拔地而起，云山一号、山水传说、润城一品等设施齐全，配套先进的小区相继入驻。县城二环、三环路陆续在建设，到 2025 年，一个规模 30 平方公里，人口 12 万的新樟城，将成为宜居、乐居的生态示范城。

县城最早的明伦公园，消失在历史的烟雨中，取而代之的公园星罗棋布：沿溪新建了龙峰公园、南湖公园、南北江滨公园、马洋公园、小汤山公园。这些公园成了市民们散步赏景、纳凉避暑的好去处，公园里的广场、绿地、观景栈道，成了市民们休闲健身的打卡点。"三溪六岸"散步休闲慢道达 32 公里，人们感受了从未有过的温馨与浪漫，整个县城洋溢着和谐、安详、宁静和快乐。

百年前的县城，城小如埠，那种简陋与破败，漫溢着惨淡与荒凉气息。如今盆地状的县城，四周布满了大大小小的楼盘，高楼林立，现代化城市气息扑面而来。每当夜幕降临，站在弥勒山上，俯瞰脚下的县城，点亮的建筑，汇成一片，连成灯的海洋，霓虹闪烁，整个县城笼罩在光影变幻的世界里。

城区在光亮中撑大，色彩斑斓的灯影，倒映在大樟溪上，如同天上宫阙，恰似蓬莱仙境，使人催问：今夕是何年？

音符谱奏大美歌

从高空俯瞰永泰，2241 平方公里的版图形似树叶，深深浅浅的绿色，仿佛能铺满一整个春天。

叶片上的五道交通线，像是供血输氧的叶脉，让锁在大山深处的永泰舒张着蓬勃的希望。青山绿水、蓝天白云、庄寨民居、养生温泉、天然氧吧等诸多元素，似在跳跃的音符，曼妙成旋律，秀美成风景。

永泰"九山带水一分田"，境内高山林立，沟壑纵横，地势崎岖，大樟溪从西向东贯穿全境。出行难，堪比"蜀道"艰。1956 年前，与域外货物交易及人员往来，主要靠大樟溪航运。大樟溪成了永泰人迈向外界的第一条通道。

1957 年，永泰第一条公路——永（泰）塘（前）公路开通。此后永（泰）涵（江）、永（泰）嵩（口）干线相继建成，成为今日横贯南北的 202 省道和穿越东西的 203 省道，连同汩汩东流的大樟溪水道，并成永泰打开山门的三条线路。

2013 年 5 月 18 日，福永高速公路开通，9 月 26 日向莆高速铁路的通车，让闭塞千年的永泰插上了高速腾飞的翅膀。五条通道，五种姿态，铺展于大地，仿佛青山绿水间镶嵌着的五线谱曲。

散落在永泰广袤土地上的地域元素，像蛰伏于五线谱间的音符，如今逢春苏醒，奏响天籁之音，醉倒四方。

永泰天生丽质，貌若天仙，因为山水阻隔，藏在深山人未识。在闽江、乌龙江架桥前，往返福州要驼渡过江，如今 1 个多小时的车程，在那时往回一趟，少则一天多则两天。出门的人，要看天行事，稍不小心，潮涨潮落之时被搁在江中央，这样进退不得是常有的事。通公路前，进出永泰就更难了：过乌龙江，进大樟溪，非经大箭、雷濑、三门、斗瓮、八港、石塍等 35 个险滩恶濑不可，福州、永泰近在咫尺，却相隔成了在水一方的天涯。

那时在外人面前提永泰，许多人一脸茫然，常把"永泰"误为"长泰""永春"，诸多笑话至今还让永泰人尴尬和心酸。永泰，因为路不通，道不畅，藏在大山里清甜的空气、澄澈的水，成了贫穷的象征。

176　　永泰山水中算得上有点名气的方广岩，在英国旅行摄影家约翰·汤姆逊笔下，是"在江水激流中行进……"的险途胜境。那年代，摆脱山的束缚，冲出山嶂重围，解放自己，成了祖祖辈辈永泰人的梦想。

1993 年，桃花洲景点破题，永泰迈入了"旅游兴县"的新时代。随后青龙瀑布景点开业，让沉睡千年的永泰苏醒了，正如时任福州市委书记习近平所评价，"藏在深闺人未识，撩开面纱惊八闽"。高亢的音符，谱奏着激扬的乐曲，从此，永泰全域旅游的序曲被弹拨奏响。

沿着大樟溪向上，你走的不管是 203 省道，还是福永高速公路，打开车窗，呼吸的空气是甜的；映入眼帘的是青山如黛、满目葱茏的画面。若你在旭日初升的清晨，抑或夕阳西下的黄昏，漫步在大樟溪畔，沿岸是一轴百看不厌的长廊画卷，让你有一种想卷轴收藏的冲动。20 多年前，一位美国记者经过此地，情不自禁地赞叹："这是一首流动的诗，这是一幅跃动的画……"

来永泰旅游，从踏入永泰县境的那一刻，请你张开闭目养神的眼，尽情收揽沿途移步换景惬意。永泰境内共有 116 个可开发景点，已开发开放的有 20 多个。如今以生态山水、田园风光、历史文化等旅游形态为主导，重点提升"一山一水一古镇"的旅游品牌格局。"一山"：突出"大青云山"概念，"中国云顶"风生水起；"一水"："百里大樟溪旅游带"温泉养身异军突起；"一古镇"："中国历史文化名镇——嵩口"品牌效应声名鹊起。美在生态、美在庄寨、美在人文、美在温泉的音符，奏响了"生态旅游城，人居幸福地"的绚丽乐章。

原始茂密的森林、纵横交错的峡谷与湖、泉、瀑、溪、奇石、怪洞和谐交融，勾画了一幅幅秀美的山水画卷，一个个景区以风情万种的姿态吸引八方来客。

这里是"中国温泉之乡"。如果你泡温泉，随心没入一口池，那份水润肌肤的舒泰之感，恰得白居易笔下"春寒赐浴华清池，温泉水滑洗凝脂"的享受。在这里，泡温泉不是皇室贵胄的专利，你尽可抛却王庶等级之卑，让它洗却你的忧愁与疲劳。汩汩的温泉，跳跃成音符——永泰正唱响你无我有、你有我特的高亢之歌。

这里生态环境好。森林覆盖率 75.88%，景区处处是"氧吧"。云顶旅游点，空气负氧离子平均每立方厘米 6 万个以上，有的高达 20 万个；PM2.5 大于或等于 0.014，小于或等于 0.028，置身其中，吞吐之间，久积沉垢的肺叶被反复清洗，顿时神清气爽。面对大自然如许恩赐，人们又总不吝于自己的感叹与赞美："在北京一年吸的负氧离子，还不如在永泰一天吸纳的量！""这里的植被保护得这么好，空气质量这么高，真是个'洗肺'的好地方。"

城区空气质量常年达到一级标准，乡村空气质量常年达到一级标准，这里是福州市辖县唯一没有酸雨的县份，成为福建省空气最好的地方之一。大樟溪水质优良，列为福州市第三水源，为福州市大都市圈——福清市、长乐市、平潭综合实验区提供清澈甘冽之水。县域生态环境优美，是国家生态建设示范区。永泰山清水秀，植被、水质、大气随着一条条交通线的开通，活跃成音符，奏响天籁之音，飘向四方。

山城脱胎换骨，清新靓丽。2011 年起，街面进行立面及道路改造，结合"三溪六岸"整治工程，小城宽敞整洁，一座"城在山中，山在城中，城中有水，山水交融""显山、露水、宜居、利居、乐居"的县城展现在世人面前。

夜幕降临，大樟溪、清凉溪、温泉溪"三溪六岸"霓虹闪烁，灯火璀璨，整个县城如同天街，恍如仙境。一个清新靓丽的温泉城市、森林城市，仿佛一位浴池跃出的美女，让你眼前一亮。

永泰钟灵毓秀、文化厚重：状元文化、庄寨文化、武术文化、生态文化、温泉文化、寺庙文化、名人文化……哪一个不是打破交通瓶颈后，跳跃成五线谱上美妙的音符？

一个个音符，藏着勃发的激情，在惠风和畅的盛世，引亢歌咏"永泰""大美"的华章。

附　录

作者以一种"知行合一"的方式，向读者展示了一位作家的务实品质；不仅于此，他笔力所及，既不粉饰浮夸，也无俯视傲慢，这种不亢不卑的态度，正是他敬畏世界、敬畏历史的体现。

一方水土一生情

孤独的雨

　　《云阶阡陌》是邵永裕先生第三部散文集。一直以来，邵先生怀着一颗素心，足迹踏遍永阳山山水水，做村落、寨堡、古镇、山川的忠实游客。他用文字和镜头记人事，绘风景，述掌故，谈文化，鲜活、立体地描绘出丰满的、动情的永阳风物人情。在他文字和摄影作品中，时而呈现通幽曲径、苍松翠柏、飞瀑流泉、摩崖石刻的怡人画卷，时而飘逸庄寨文化历史醇香、如霞似雪的李梅芬芳。他以职业的敏感和对新媒体的熟知，不断传播着"生态旅游城，人居幸福地"的新魅力。

　　"智者乐水，仁者乐山。"只有内心宁静，外在沉稳，思我所思，写我所写，才能达到人生至纯、大道至简的境界。邵先生就是这样一个寄情于风物、抒怀于山水的至真至纯的永阳骄子。

　　《云阶阡陌》收录了 38 篇精彩散文，根据内容分为七个篇章："履痕铭怀""温情村落""寻味乡村""永阳流韵""庄里寨外""古镇年华""古城留痕"。现在让我们跟着作者图文，去欣赏他带给我们的一路风情吧。

　　"九山带水一分田"的地貌特征，造就了永泰许多温情而美丽的村落。斗湖、白杜、芹草、巫洋、里洋、紫山就像散落在大山深处的黑宝石，令人探寻和流连：山高林密与褐墙黛瓦相交织，云蒸霞蔚与花果飘香相辉映，醉了游客，痴了路人。作者的文字，不是仅停留于景致描写，而是通过人文挖掘，让每个村庄，以及村庄里的庄和寨、人和事愈发丰满迷人。他总是利用周末闲暇，上山进村，访问长者，找寻资料，力求以翔实的史料，让读者从他娓娓道来的文字中，看到一个个人与自然共生的感人镜头："斗湖"风光奇绝，先人靠山吃山、用智慧和勇气与恶劣的自然环境相抗争；"白杜"村里一阵民国的硝烟迎面而来，让这里的斜阳草树、寻常巷陌，跳跃着鲜活的人物影像；"漈上芹草"先祖拓荒求生，后昆致富报桑梓，读的是故事，悟的是精神。从"通天达地的驿站"，到"壁上里洋"和"紫山"，一个又一个需要寻根溯源才能找到的地方，作者俨然一位时光老人，如数家珍般用图文形式，生动再现了先人们开山辟土、繁衍生息的绵长画卷，这些为深山老林合围的村落，翻腾着的一段段缘、一份份情、一截截不能忘却的历史，将让读者注目停留。

"履痕铭怀"，以"望得见山，看得见水，记得住乡愁"为主旨，凝结作者心思，把人的一生，因某地、某人、某事刻骨铭心的记忆，缩成几篇浓浓的乡愁。《院里》《上月坪》《苦味的村落》是作者一生的记忆。《院里》交织着母亲童年聚散离合的凄悲往事，纠结着母亲一生无法排解的乡愁。如今，那棵高大的柿子树还在，长满藤蔓的石头墙也还在，这一切却让作者睹物思人。只是农家"小院"地方，其间类似外婆的人物故事，平添了那寻常的小乡村异样风情。《苦味的村落》从村名"黄连"说开，并通过阿节、阿代的童年遭遇，以及村民在落后年代的愚昧信仰，记录下作者童年的心灵触动。"上月坪"是个幽静恬淡、满是田园气息的小山坳，因为出了全村第一个大学生，成为作者仰视之地。榜样的种子，在他幼小心灵种下，鞭策着他，激励着他，成为他一生的精神财富。

大漳溪，永泰人的母亲河，在她的臂弯里，偎依着美丽的村庄和古镇。"月溪花渡""嵩口古镇"，它的魅力不仅是视觉上的桃红柳绿、青石巷道、花墙画楼、锁窗朱户，更在于它的文化底蕴和人文景观。作者潜心挖掘乡土的灵魂，无论是凡人俗事，还是达人韵事，抑或是神人传奇，都能取其精华，或浓墨重彩，或点到为止。于是文章行云流水，主题鲜明，令人发悟。月洲科甲连绵，充满文气，全村共走出一个状元，两个尚书，50位进士。"父子六人六进士六同朝，祖孙三代十八条官带"，无怪乎说"连空气里都充满了文气"。这样一个钟灵毓秀、名人荟萃之地，怎不令人心驰神往！青石板上，马蹄远去，古埠码头，千帆过尽，闲云潭影日悠悠，物换星移几度秋。作者带着些许怀古的淡淡忧伤，携着些许世事沧桑的豁达淡然，穿行在时光隧道，捡拾片片被吹散的历史烟云。精美的语言，把暗淡了的流年往事，远去了的历史天空，化成立体可感的史迹，一一从文句间舒展出来。

庄寨是永泰地标性文化符号。作者对此摒弃表象的建筑面积、材料、结构布局等介绍，而是注重内涵挖掘，精神提炼。"庄里寨外"，从人文故事中感受艰辛创业、勤勉守业、家风传承、自我提高的庄寨文化：勤耕励读康乐庄，孝悌滋养嘉禄庄，仁爱和睦青石寨，诗书传家九斗庄，以花寄语翠云寨，女绅文化爱荆庄。简洁明了的标题，吸引人们溯回时光深处，穿越了百年时空，去寻味那散发着家族文化的芬芳。

"古城留痕"中《百年樟城话沧桑》，作者由一张百年老照片说开，把中国千千万万小城缩影其中：透过低矮的民房，破落的街道，简易的浮桥，昏黄的照明灯，整个民生犹如破旧的老水车，一日一日纺着疲惫的歌。如今，沧海桑田，大道通途，霓虹闪烁，真是换了人间！《音符奏响大美歌》，以道路交通为主题，看高速路、高铁路交织穿梭画面，不断拨动读者怀想过去，沉醉今朝，展望未来的心弦。《巷陌春秋》让读者看到了国盛文化兴，保护遗产，传承民族文化在永泰的生动实践。

当然，作者不会惜墨于对永泰"生态旅游城"的讴歌：山清水秀，生态优美，风景独好，全域旅游。在他笔下处处闪射着永泰作为福州后花园的魅力：说不清年代令人着迷的古梯田；历经千年拱卫一方的油杉王；为世代春光子民而生的千年古榕；神奇的云顶高山草甸和天池；踏着文物方可到达的名山室……这些画面构成了永泰宛如云阶月地般的美景。

作者行文雅洁清新，或骈或散，生动与平实相互映衬，不时闪现哲思的语言，读后有种览图觅境的诱惑。"在溪洋处，犹如一条向东北腾跃的巨龙，遇溪受阻，犹豫之际，一个回首，连续锥体形状的山脉，在这里扭出诗意，曲成仙境。""梅花掩映的粉墙黛瓦，也模糊成一顶顶黑色礼帽般的俏皮。"（《云阶月地的诱惑》）"深山藏古寺，到这里你仿佛穿过唐风明月，循着流年经风吹白的朵朵梅花，看一场宋时的烟火，听一曲元朝的梵音，寻一阕明代的背影。"（《走近凤凰寺》）"她像上帝派往人间仙女的眼眸，扑闪着灵性的瞳仁，顾盼苍穹，俯察大地，观星辰变幻，看云起云落，知人间沧桑。"（《顾盼苍穹的眼眸》）"一剪闲云似乎望见故乡的溪月，一程山水如同误入桃源胜景的浪漫。"（《遇见大喜》）这些文字，无不"让人眼前一亮"而浮想联翩。

一种爱，一辈子。邵永裕先生把最美好的情感，根植于永阳大地。徜徉在他的文句篇章里，无不被他的浓重乡情所感染。席慕蓉说："故乡的歌是一只清远的笛，总在有月亮的晚上响起。"作者在《追寻童年的故乡》中写道："我所眷恋的故乡，如一幅幅、一帧帧不能忘却的画卷，引领着我，追寻那份生命的纯真。"在《古镇年华》中写道："每一种乡土饮食，都交织着某种难言的情结，这情结在你远行千里之时，就流淌成母亲的乳汁。"他因乡土饮食文化而缱绻万分：“都说樟城是一座遍地温柔的小城，深入古城巷陌，你依然被想象不到的感动所填满。”（《巷陌春秋》）他为家乡深厚的历史底蕴自豪无比：“永泰的山是青的，水是绿的，空气是甜的……永泰，美在四季。无论是踏青、消夏、揽秋、品冬，只要你浸入其中，皆可沐浴满心的快乐。”（《百里梅花香雪海》）如此文句，虽是淳朴；如此情感，却是炽烈。诸如此类，比比皆是。

“离家三里远，别是一乡风。”游一处风景，寻一处特色，领略山山水水，感受风物人情。作者利用其写作与摄影的专长，以文达情，用镜传景。多年来，他把一路走过的风景收揽在《云阶阡陌》散文集里。其作品如一双双明眸，映照着如画江山，透视着百态人生，传达着眷恋故土的一片痴情。文以载道，润物无声。当你手捧这本散文集，会深深沉醉在风光与人文交织的美感中。

去，享受一场视觉盛宴，遭逢一次心灵碰撞吧！

2020 年 3 月 3 日

后　记

近年来，写永泰山水的人很多，出书的也不少，余文净的《寻美永泰》首开先河。余先生莆田人，住福州，供职于省直机关，因钟情永泰山水，稍有闲暇，就往永泰跑，跑遍永泰的山山水水。在余先生笔下，永泰风光旖旎、人文璀璨、村庄秀美、庄寨巍峨……质朴的语言，深入浅出的描写，感动了永泰人，也感动了专家评委，《寻美永泰》获得永泰县首届青云山文艺奖文学类一等奖。

我是地道的永泰人，好摄爱写，走乡村逛庄寨，登古道游景区，越走越觉得永泰山水有情，人文有味。李白诗"相看两不厌，只有敬亭山"，恰能表达我的心境。周末和节假日，我几乎悠游于永泰山水天地间。

永泰地域辽阔，许多地方我也很陌生。首次踏足，倍感兴奋，这种感觉，不亚于外出观光游览。走着走着，时常被陌生的天地所震撼，时光抖落的故事，常常因村夫、老妪只言片语而鲜活，而故事里的精神，点亮庄寨、激活村庄；阅读蒙着尘埃的家谱、阄书，感动便塞满我的行囊，激发我写作的冲动。

书中七个分辑，写的都是光阴流淌中的永阳风貌。"履痕铭怀"辑录我生命过往中，有着刻苦铭心记忆的村落、古道，以及其中的人和事，是此书描写永泰最原始的风土；"温情村落""寻味乡村"是对各种文化名村的寻味，挖掘草根文化，提炼乡村内涵，体现山水蕴韵的绵延之道；"永阳流韵"选万千旅游元素于一辑，有名胜古迹和当红景区，记述着"永泰自然来"底气和魅力；"庄里寨外""古镇年华""古城流韵"择取庄寨、古镇、古城片片风景，亮出底色，融合成一段全景式风情，抒写永泰底蕴，从璀璨的人文故事中，赏读属于永阳的曾经繁华。以上所辑，所反映的永泰自然人文景观，仅为阳光折射下沧海中的一点亮光。

有朋友在我前两次新书发布会上感慨："真佩服你的毅力，怎么有时间写？"作为公务人员，白天有开不完的会，会后有抓不尽的落实，确实没时间。时间哪来？如果借用鲁迅先生的话说，"我是把别人喝咖啡的功夫都用在工作上的"。周末、节假日，是我唯一可利用的时间，白天出行采风，晚上就躲在书房电脑前，整理采访笔记，抒写心灵感悟。

永泰文学爱好者众，许多景和物、人和事被重复写过，若不躬身挖掘，写其内涵，难以满足读者的味蕾。就以采写庄寨为例，为避免枯燥乏味的建构介绍，我紧扣人文主题，访老者、开座谈、读家谱、阅阄书，挖掘庄寨故事，提炼家族文化，印证传说，让故事有血有肉，感人悟人。青石寨为何叫"仁和庄"？米石寨为何又名"爱荆庄"？嘉禄庄厅堂"孝友"从何而来？九斗庄诗书传家范在哪里？为了揭开谜底，我三番五次深入实地，听讲述、阅史料，让所写内容翔实丰富，提炼精神励人励志。乡村、景点、寺庙、古道，不再重写他人表象感受，而是从文化内涵入手，攫取各种人文精髓。《顾盼苍穹的眼眸》写的是斗湖，为了重现斗湖人文景观，我拜访了88岁老人黄大伟，让他讲村史、讲生存，有了人文情节，再体验斗湖旖旎风光，就能真切感受山高风猛催生而出人文的壮美。文章脱稿后，斗湖文化人黄国枢，企业家黄国标，主动联系了我，他们的讲述和史料补充，弥补了许多未知的缺陷，让这块神仙的自留地，闪烁着风光与人文的两道光芒。

　　本书出版得到了许多老师、文友、摄友的大力支持。值此，向所有帮助过我的老师、朋友致以最诚挚的谢意！

2020 年 6 月 17 日